Doces dias ácidos

Taty Ferreira

Doces dias ácidos

OUTRO Planeta

Preparação: Elisa Nogueira
Revisão: Giovana Bomentre e Laura Vecchioli
Diagramação: 2 estúdio gráfico
Capa: Luiz Sanches Junior
Imagem de capa: Larissa Lali

DADOS INTERNACIONAIS DE CATALOGAÇÃO NA PUBLICAÇÃO (CIP)
ANGÉLICA ILACQUA CRB-8/7057

Ferreira, Taty
Doces dias ácidos : um romance sobre a vida real / Taty Ferreira. -- São Paulo : Planeta do Brasil, 2017.
224 p.

ISBN: 978-85-422-1133-7

1. Ficção brasileira I. Título

17-1178 CDD B869.3

Índices para catálogo sistemático:
1. Ficção brasileira

2017
Todos os direitos desta edição reservados à
EDITORA PLANETA DO BRASIL LTDA.
Rua Padre João Manuel, 100 – 21º andar
Ed. Horsa II – Cerqueira César
01411-000 – São Paulo-SP
www.planetadelivros.com.br
atendimento@editoraplaneta.com.br

Ao Aureo, parceiro e cúmplice incondicional.
À Nina, Leho e Felipe, peças fundamentais
para a existência deste livro.

Um livro para ser lido ao som de Pagan John.

"A vida é amarga e doce.
Por isso não há outra forma
de descrevê-la senão captando
esses dois sabores."

Jim Harrison

Levei muito tempo para perceber que meu relacionamento tinha acabado.

Quando notei que não dava mais, tive um daqueles ataques de ansiedade típicos de toda mulher que passou tempo demais acreditando que o desencanto e as brigas eram apenas uma fase.

Havia muito tempo que já não éramos namorados.

Éramos cúmplices, dependíamos um do outro emocionalmente e tínhamos sido parceiros em alguns momentos. Mas passávamos a maior parte do tempo sendo fiéis à ideia de que voltaríamos a ser aquele casal de namorados dos primeiros meses de relacionamento. Insistíamos incansavelmente em acreditar que, algum dia, a paixão iria descer do céu como uma entidade e se apossar de nós, e voltaríamos a ser aquele casal impulsivo, obcecado um pelo outro, que não conseguia passar mais de doze horas sem se ver.

Foi em 23 de abril de 2015. Nunca vou me esquecer dessa data, apesar de, por muito tempo, ter desejado esquecê-la a ponto de preferir ter uma amnésia. Esse dia mudou minha vida, me fez acordar para a realidade, me fez perceber que aquilo que eu estava propondo a mim mesma era insustentável. O mais difícil foi aceitar que não fui capaz de sair daquela situação por conta própria e que, se não fosse ele a romper o laço, eu teria continuado presa naquele relacionamento deplorável até Deus sabe quando.

Nós tínhamos nos conhecido num aeroporto; eu voltava de uma viagem à casa de uma amiga, e ele voltava de uma reunião, coisa que, eu viria a descobrir, não era tão comum.

Estávamos sentados lado a lado quando anunciaram que o voo 2376 seria atrasado por causa do mau tempo. Pelo suspiro que ele soltou, pude perceber que estávamos esperando o mesmo voo. Era a primeira coisa que descobriríamos ter em comum, entre tantas outras que estavam por vir.

Sempre gostei de conversar com estranhos, principalmente em aeroportos. Era muito importante criar laços com gente que eu não conhecia, mas que poderia vir a segurar minha mão caso alguma coisa desse errado nas alturas. Meu medo paralisante de viagens de avião nunca foi segredo para ninguém.

Então, querendo colocar em prática minha tática de afeição por proximidade e garantir uma companhia em caso de possíveis desastres, e também prevendo que eu passaria horas entediada esperando que o tempo melhorasse, fiz aquilo que já estava mais que acostumada a fazer e puxei papo com o estranho ao meu lado.

— Então você também está esperando o voo 2376?

Sendo bem sincera, eu nem tinha olhado para o rosto dele antes de fazer a pergunta. Eu estava solteira havia alguns meses, mas nunca achei que aeroportos eram um bom lugar para paquerar. Considerando meu pavor de voos, eu me sentia mais prestes a entrar numa cirurgia de risco do que num daqueles programas de auditório em que as pessoas vão para encontrar um namorado.

Mas ele se virou para mim sorrindo, de um jeito que não deixava claro se era um sorriso nervoso ou apenas discreto. Seja lá o que fosse, seu sorriso me fez perceber que eu queria ver aquele rosto todos os dias da minha vida.

Acho que é o que as pessoas chamam de amor à primeira vista. Não sei muito bem como explicar o que senti, mas era como se algo estivesse aquecendo todo o meu tronco, ruborizando meu rosto e me fazendo calcular mentalmente cada palavra que eu incluiria naquela conversa.

Automaticamente, ajeitei a coluna, me sentei de maneira mais elegante e tentei controlar cada um dos muitos músculos do rosto pra que ele não percebesse que eu estava caidinha por ele. Anos depois, na noite em que decidimos começar a planejar nosso casamento, descobri que todo o meu esforço tinha sido um desperdício de tempo, porque ele descreveu em detalhes todos os meus movimentos, explicando como percebeu imediatamente que o jogo já estava ganho.

Naquela época, eu tinha vinte anos e cursava arquitetura numa universidade federal. Morava sozinha numa quitinete que eu gostava de chamar de lar e tinha pouquíssimos amigos, a maioria deles da época da escola, e todos morando em cidades diferentes.

Ele tinha vinte e oito anos e decidira não fazer faculdade, preferindo cuidar dos negócios da família, uma gráfica que havia anos tentava, sem sucesso, transformar em uma editora. Era apaixonado por livros, preferencialmente as obras de escritores amadores que utilizavam blogs para divulgar seu trabalho e muitas vezes nem sabiam o quanto escreviam bem. Eram autores que ele e sua família tentavam desesperadamente publicar por puro amor à boa literatura.

Essa foi a segunda coisa que descobrimos ter em comum: éramos dois apreciadores fervorosos de literatura amadora.

Parecia algo fadado a acontecer.

Roteiro de um filme de Hollywood.

Um estranho com um sorriso lindo.

Aguardando o mesmo voo.

Sentado ao meu lado.

Dividindo um mesmo interesse estranho.

Foi assim que nos conhecemos. Depois de horas conversando amenidades no saguão de espera, entramos no avião, onde estávamos sentados em poltronas distantes. Eu, cabisbaixa, lamentava internamente que ele já estivesse se tornando mais um dos tantos estranhos com quem tive o prazer de conversar sobre qualquer coisa e alguém que eu jamais reencontraria.

Então, quase num impulso de sobrevivência, lembrei que tinha uma caneta na bolsa e, aproveitando o guardanapo que a aeromoça havia acabado de me entregar, anotei meu número de telefone e fui até a poltrona em que ele estava.

— Caso você precise de sugestões de bons livros para ler.

Dessa vez, não tive dúvidas de que o sorriso que recebi em retorno foi de satisfação.

Eu sabia que era um tiro no escuro, mas jamais me perdoaria se tivesse deixado aquela oportunidade passar. Esse foi o mantra que repeti a mim mesma nos cinco dias seguintes ao meu retorno.

Dei continuidade às minhas atividades cotidianas: ia à faculdade, almoçava macarrão instantâneo e me esforçava para desenhar linhas retas que, em teoria, seriam as paredes da casa de alguém, mas, na verdade, queria mesmo era estar discutindo romances desconhecidos com aquele cara do aeroporto. Eu estava tão nervosa que nem tinha lembrado de perguntar o nome dele. À noite, eu saía para jantar meu cachorro-quente de cada dia e depois dormia, pronta para repetir tudo novamente quando acordasse.

Sempre que me lembrava dele tentava me convencer: "Você fez sua parte. Foi corajosa o suficiente para dar um tiro no escuro. Você fez sua parte. Fez tudo que podia".

Até que, num domingo à noite, meu telefone tocou.

— Oi, eu conheci você no aeroporto outro dia — disse ele. — Você me deu seu telefone, caso eu precisasse de dicas de bons livros, mas, na verdade, tô ligando mesmo porque fiquei curioso para saber seu nome.

E, assim, eu descobri mais uma coisa em comum: nós dois tínhamos passado a semana nos martirizando por não termos sequer perguntado o nome um do outro.

— Tô ligando também porque achei que talvez você gostaria de ler um dos originais que tenho aqui na gráfica — continuou ele. — Será que você topa?

E eu topei. Por quase cinco anos, eu topei.

Estávamos namorando havia pouco mais de três anos quando as coisas começaram a dar errado na minha vida.

Eu havia me formado há praticamente um ano e não encontrava emprego em lugar algum. Meus pais já me sustentavam em outra cidade desde o início da faculdade. Eles insistiam em repetir que isso não era um peso para eles, e talvez não fosse mesmo, já que sou filha única. Além disso, sendo as boas pessoas que eram, eles compreendiam que, em meio à crise econômica que estávamos vivendo, ninguém estava interessado em investir, quanto mais em contratar uma profissional recém-formada.

Saber que eles não se importavam em me bancar fazia eu me sentir pior ainda. Depender de alguém sempre foi complicado para mim. Enquanto alguns amigos faziam cursos de graduação à noite, em universidades particulares, podendo trabalhar durante o dia e arcar com suas despesas individuais, eu havia escolhido um curso integral que exigiu muito do meu tempo, me impedindo de trabalhar. Eu compreendia que tinha sido necessário receber ajuda financeira durante minha graduação e tolerava a dependência estendida, mas sentia inveja ao ouvir as reclamações de amigos independentes, que diziam que o dinheiro mal dava para pagar a mensalidade da faculdade e cobrir as despesas de alguns momentos de descontração, quando sobrava tempo num final de semana ou outro. Quando eu reclamava da minha situação de completa dependência, o que ouvia era: "Queria eu não ter que ralar tanto para arcar com minha própria graduação!".

Aparentemente, a grama do vizinho sempre era mais verde e a inveja era mútua.

Para justificar o investimento dos meus pais no meu futuro, eu me candidatava para todas as bolsas de pesquisa ou monitoria, sempre fracassando miseravelmente. Apesar de ser uma aluna aplicada, eu estava longe de ser a melhor da classe e mais longe ainda de ser a mais sociável. Era um tema digno de análise freudiana o quanto eu preferia fazer amizade com estranhos que eu jamais voltaria a ver a criar laços afetivos com aqueles que faziam parte do meu dia a dia. Sabia que esse comportamento diminuía minhas chances de sucesso, mas continuei me candidatando a bolsas durante toda a graduação, sempre esperançosa e sempre me consolando com o velho e bom mantra: "Você fez sua parte".

Em compensação, fiz todos os estágios não remunerados que a falta de tempo me permitiu. Já que minhas habilidades sociais no ambiente acadêmico não eram tão boas, escolhi vencer pelo esforço e conhecimento prático. Queria sair da faculdade sabendo o máximo que pudesse da parte prática do trabalho para garantir as melhores chances de conseguir um emprego.

Analisando todo o meu esforço, confiava piamente que conseguiria um bom emprego nos três primeiros meses após a formatura. Quase um ano depois da conclusão do curso, isso ainda não havia acontecido.

Eu nem procurava mais um bom emprego. Qualquer emprego que pagasse minhas despesas pessoais bastaria. Distribuí meu currículo em todos os lugares em que havia vagas, mas, com frequência, ao entregá-lo, recebia a resposta de que só estavam contratando pessoas com experiência. Por diversas vezes, fiquei indignada, perguntando-me como diabos eu teria experiência como atendente, vendedora ou caixa se ninguém me dava uma chance de trabalhar.

Em outros momentos, vi meu currículo ser dispensado quando o empregador notou que eu era recém-formada. Eu não entendia se o fato de ter estudado uma área específica por cinco anos me fazia menos merecedora de um emprego em outra área ou se a pessoa acreditava que eu recusaria o emprego ao qual eu mesma me candidatara porque tenho um diploma.

Diploma, aliás, que eu sequer fui buscar na faculdade. Era preciso pagar um valor considerável para ter um papel vistoso que se pudesse emoldurar e colocar na parede e provar que você realmente tinha terminado o curso. Eu havia prometido a mim mesma que esse valor seria pago com meu próprio suor; sendo assim, o diploma continuava na faculdade, esperando meu primeiro salário.

Toda essa busca incessante por um emprego, junto à pressão interna de ter passado dos vinte e poucos anos sendo ainda dependente dos meus pais e a falta de amigos e parentes próximos, me deixou extremamente frustrada. Tentando afastar o sentimento de culpa e aproveitar meu tempo livre, dei início a um mestrado.

Eu estava buscando uma válvula de escape e claramente recalcando o fato de não conseguir construir minha própria trajetória. De alguma maneira, a história que eu tinha sonhado em construir para mim era depositada naqueles projetos lineares, em plantas de prédios onde outras pessoas viveriam.

Com o tempo, essa pressão interna excessiva foi se transformando em falta de vontade de viver, à qual foi acrescentada a falta de esperança e a aversão a qualquer atividade que despendesse energia. Eu vivia entre o esforço para conseguir sair da cama e a espera insuportável pelo fim do último horário de aula para que eu pudesse retornar ao meu quarto. Enquanto isso, Henrique, generoso e bom rapaz, tolerava meu mau humor, minhas crises de choro e minha impaciência.

Foram meses assim, relutando pra sair da cama, observando minhas roupas ficarem cada vez mais largas e vendo Henrique entrar no quarto, insistir que era hora de acordar e se esforçar para que eu comesse alguma coisa. Até que, um dia, eu não tive mais forças nem vontade de sair da cama e me permiti gastar o dia todo deitada, dormindo ou esperando o tempo passar.

No outro dia, repeti a mesma coisa.

Acordava.

Ia ao banheiro.

Retornava para a cama.

Dormia.

Acordava.

Esperava o tempo passar.

Ia ao banheiro.

Voltava para cama.

Inferno astral. Foi o nome que dei para a falta de ânimo e de apetite, mesmo que Henrique tentasse me persuadir repetindo, incansavelmente, que não existia inferno astral que se prolongasse por tantos meses.

Ele falava em depressão, em procurar ajuda. Dizia que eu devia aceitar minha condição, o que se misturava a frases como "você já deve estar desidratada de tanto chorar" e "ao menos coma alguma coisa".

Eu temia que o telefone tocasse e trouxesse o medo incontrolável que eu sentia daquele tilintar tão usual e me irritava quando Henrique tentava me incentivar a fazer uma visita aos meus pais. Tudo que estava fora daqueles trinta e seis metros quadrados que eu considerava minha casa me aterrorizava.

Aquela quitinete era minha fortaleza. Simplesmente pensar em chegar perto da porta me causava falta de ar, me deixava próxima de perder todo o controle. O corredor atrás daquela porta, sempre limpo e tranquilo, significava perigo iminente. Eu não sabia explicar por que me sentia assim, mas tudo que não fosse parte do meu cantinho era aterrorizante.

Por fim, depois de passar quatro dias sem conseguir reunir empenho suficiente para tomar banho, comecei a assumir para mim mesma que aquilo era maior do que um simples inferno astral. Era hora de visitar um médico.

Henrique me acompanhou. Voltamos para casa de táxi, e, no silêncio gritante que eu, ele e o motorista compartilhamos, comecei a digerir as palavras do médico.

Distúrbio do pânico.

Transtorno de ansiedade.

Impossibilidade de tomar atitude.

Bastante comum em mulheres de dezoito a trinta e cinco anos.

Estresse.

Terapia.

Ansiolítico.

Descanso.

Muitas palavras, mas eu não conseguia sentir nada. Quis sentir pena de mim, quis sentir raiva por ter perdido o controle, quis sentir vontade de mudar, mas a grande verdade é que eu só queria voltar para minha cama, para o lugar onde me sentia segura.

O tratamento durou anos. Tomei os remédios recomendados durante semanas antes de conseguir reunir energia suficiente para marcar uma consulta com uma terapeuta. Passei algumas semanas com meus pais. Mantive-me na terapia e consegui me livrar dos remédios alguns meses antes daquele fatídico 23 de abril.

Eu me sentia melhor a cada dia, e a terapia era o lugar perfeito para aliviar minhas frustrações. Os remédios me davam o ânimo que eu não sentia havia muito tempo, e com isso fui conseguindo retomar os estudos e a procura por um emprego como arquiteta.

Embora o ano de 2013 tenha sido bem mais tranquilo que o anterior, não posso dizer que meu tratamento e minhas autodescobertas contínuas não tenham pesado em meu relacionamento. Nessa época, Henrique ainda continuava em sua busca por um romance no qual apostar todas as fichas, o primeiro romance a ser publicado por sua gráfica com pretensões de editora.

Infelizmente, o negócio da família não ia bem. A internet conquistava cada vez mais espaço na vida das pessoas, fosse com a popularização da banda larga ou dos smartphones. Com isso, toda a publicidade que antes era feita com panfletos e banners migrava para sites, páginas e perfis em redes sociais. Além disso, todos os trabalhos escolares e acadêmicos que antes precisavam ser impressos e encadernados agora eram entregues na forma de anexo em e-mails.

Se, por um lado, milhares de árvores eram salvas pela economia de papel, por outro víamos o negócio da família morrer aos poucos. A gráfica, que tinha sido uma das maiores da cidade, transformava-se num espaço onde as pessoas iam quando precisavam fazer cópias de seus documentos.

Essas complicações, é claro, tornaram-se um peso para ele. O faturamento do mês mal era suficiente para pagar as contas, e faltava dinheiro para investir. O sonho de transformar a gráfica em editora ficava cada vez mais incerto.

Durante muito tempo, nós nos esforçamos para ser o porto seguro um do outro. Ele tentava me apoiar nos dias mais difíceis. E eu tentava segurar as pontas quando o via descrente de um futuro promissor. Mas acredito que, diante do meu quadro de depressão e transtorno do pânico, ele, sendo altruísta como era, não se permitia demonstrar fragilidade. Aos poucos, deixou de conversar comigo sobre seus problemas e suas inseguranças e dava um jeito de evitar as perguntas que eu fazia em relação à sua vida pessoal, preferindo tentar fazer com que eu enxergasse positivamente as coisas à minha volta.

Para ele, era ótimo que eu não tivesse um emprego, pois assim eu podia me concentrar inteiramente em me especializar, o que com certeza traria bons frutos no futuro. Ele insistia que meu quadro depressivo estava sendo uma boa lição sobre o quanto devíamos ver valor nas pequenas coisas do dia a dia. Era assertivo em dizer que o tratamento era uma ótima oportunidade para que eu me conhecesse melhor e descobrisse o que realmente era importante pra mim.

Quando comecei a dar sinais de melhora, ele adotou uma gata para mim, insistindo que eu tivesse companhia na quitinete, que, a essa altura, eu havia definitivamente apelidado de "fortaleza". "Essa fortaleza é grande demais só para você", escreveu no cartão que prendeu no laço ao redor do pescoço da gatinha.

Eu resolvi chamá-la de Tapioca, e, em todos esses anos juntas, ainda não me ocorreu nenhum nome mais propício para o pequeno ser de pelagem branca e olhinhos amendoados.

Embora o otimismo de Henrique chegasse a soar piegas, nunca senti que ele precisasse se esforçar para demonstrá-lo. Era parte dele, era inato. Contudo, tornava-se mais claro, a cada dia, o quanto ele se anulava tentando não me causar desconforto.

Jantávamos juntos todas as sextas-feiras. Esse era nosso único ritual sagrado. Eu cozinhava, e ele trazia o vinho. O prato principal era sempre massa. Linguine ao pesto. Penne à carbonara. Espaguete à bolonhesa. Nos dias em que estava muito inspirada, eu até me arriscava a fazer canelone recheado com ricota.

Bebíamos enquanto eu contava a ele sobre o meu dia. Ele falava sobre amenidades; muitas vezes, era como se eu estivesse conversando com alguém que encontrei no elevador.

Nós não dialogávamos mais. A conversa seguia um fluxo único. Eu falava sobre como me sentia e sobre os acontecimentos incomuns que eu havia notado naquela semana, e ele era condescendente.

Diversas vezes, eu tentava puxar assunto, fazê-lo se abrir. Insistia que ele me contasse também as partes não tão legais dos dias dele, mas ele permanecia no mesmo *modus operandi*, desconversando com a desculpa de que não eram coisas tão importantes assim para serem levadas em consideração.

Tapioca observava tudo, de longe, deitada no parapeito da janela como se esperasse um sinal para pular e salvar os pobres indefesos que passavam pela rua lá embaixo.

A falta de diálogo me irritou algumas vezes. Numa dessas ocasiões, dei início à segunda discussão séria que tivemos em quatro anos de namoro quando o acusei de me tratar como uma criança e esbravejei que eu não precisava ser protegida.

— Você age como se eu fosse uma paciente num hospital psiquiátrico! — reclamei. — A impressão que tenho é que você acha que se não me proteger e ocultar seus problemas, vou acabar numa camisa de força. Mas não é assim. Eu continuo sendo a mesma pessoa!

Nessa noite, fiz de tudo para tirá-lo do sério.

Chorei. Esbravejei. Falei que estava cansada de implorar por sexo e vê-lo virar-se para o lado dizendo que estava exausto. Berrei que não aguentava mais ser tratada como filha, e não como namorada.

Eu esperava uma reação extrema. Queria que ele gritasse comigo, que ficasse ofendido com minha sinceridade, que saísse dali batendo a porta e jurando nunca mais voltar a falar comigo. Mas, ponderado como era, ele me olhou como quem olha para uma criança desamparada e tentou me abraçar. Até Tapioca teve uma reação mais evidente ao pular do parapeito da janela e correr para se esconder embaixo da cama.

Hoje, eu sei que ele se sentia tão devastado quanto eu. Compreendi isso quando me ligaram às cinco horas da manhã perguntando se eu tinha algum parentesco com Henrique Furlan. Na noite daquele 23 de abril, assim como em muitas outras anteriores, pelo que fiquei sabendo, ele caminhara sem rumo pelas ruas da cidade durante a madrugada, desejando que suas angústias e frustrações se desvanecessem e que ele obtivesse paz suficiente para dormir durante o resto da noite sem se atordoar com sonhos distantes que nunca se realizariam e com a falta de esperança que o consumia.

Henrique tinha sido encontrado por um motorista de ônibus durante a primeira viagem do dia. Ele estava caído num cruzamento. Ainda tinha sua carteira e seu celular consigo, ambos intactos. A única coisa que não parecia intacta era ele.

Uma ambulância tinha sido chamada.

Os bombeiros o atenderam com prontidão.

Já era tarde demais.

Em seu celular, notaram que meu número era o mais frequente entre as ligações. A última chamada realizada tinha sido para mim. Por telefone, informaram apenas que ele havia sofrido um acidente e estava sendo encaminhado para um hospital, mas a verdade é que ele já entrou na ambulância sem vida.

Posteriormente, as câmeras de segurança confirmaram as suspeitas da polícia: um carro desgovernado tinha subido na calçada e o atingido em cheio, arremessando seu corpo a mais de cinco metros de distância. Por meio das gravações, soubemos também que trinta e nove minutos se passaram até que alguém o visse ali. O responsável por essa tragédia, como já era de se esperar, dera ré no carro e fora embora como se nada tivesse acontecido.

Infelizmente, a qualidade das imagens e o posicionamento da câmera não tinham sido suficientes para que se pudesse ler a placa do automóvel.

Henrique estava morto e o assassino, impune.

"Você não encontra paz,
evitando a vida."

Virginia Woolf

Poucos meses antes do fatídico acontecimento, eu havia concluído o mestrado e, finalmente, conseguido um emprego num pequeno escritório de engenharia civil, comemorando cada mês que eu havia passado sem depender dos meus pais.

O escritório ficava bem próximo da minha casa, me permitindo ir e voltar a pé todos os dias. Era um lugar acolhedor e agradável, que ficava numa pequena sala num centro comercial. Havia apenas três mesas individuais e um alto e sofisticado vaso de cerâmica branca, que sustentava lanças-de-são-jorge muito bem cuidadas. Algumas vezes, me peguei pensando que provavelmente fora investido mais dinheiro naquele vaso de plantas do que nos três computadores que tínhamos disponíveis para trabalhar.

A empresa tinha sido fundada por uma recém-formada engenheira civil, que era animada, cheia de ambições e ousada o bastante para decepcionar os pais, que haviam esperado por tempo demais que ela mudasse de ideia e investisse num vestibular para medicina. Seus pais eram cirurgiões e não conseguiam entender a fixação que a filha demonstrava desde pequena em saber como as residências eram construídas, empilhando seus brinquedos até encontrar um ponto de sustentação. Depois, não puderam compreender sua obsessão pelos números, essenciais para construir vigas espessas que sustentassem paredes retilíneas, que, juntas, dariam um teto para famílias inteiras.

Helena tivera a sorte de estagiar numa das construtoras que mais entregavam obras em São Paulo. Após se formar e se ver substituída por outro estagiário, aliou seu empreendedorismo à aceitação e ao orgulho dos pais ao verem a primeira dos três filhos formada e pediu um empréstimo a eles. Com o dinheiro, alugou aquela pequena sala e fixou na porta uma placa que dizia "A&N Engenharia". O nome da empresa era uma homenagem aos pais, utilizando a primeira letra de seus nomes.

Foram essas abreviaturas que me chamaram atenção quando vi, em uma das minhas incansáveis caminhadas ao principal mural da faculdade, o panfleto que dizia: "A&N Engenharia procura arquiteto para jornada comercial. Não exigimos experiência". É claro que Helena jamais poderia ter imaginado a coincidência que me tornaria sua primeira funcionária e colega de trabalho, mas "A" e "N" são também as iniciais dos nomes dos meus pais! Ao longo dos anos seguintes, o destino me traria outras coincidências, às vezes com tamanha sintonia que seria difícil acreditar serem apenas obras do acaso.

Assim que conheci Helena, notei sua personalidade calma e acolhedora e entendi por que ela, sendo uma empresária de primeira viagem, jamais exigiria experiência de uma recém-formada como eu. Nunca mais encontrei alguém que tivesse tamanha leveza. Ela sabia demonstrar pureza e inocência em suas feições e, ao mesmo tempo, ser firme e contundente em suas palavras. Parecia ter décadas de experiência no auge dos seus vinte e poucos anos. Tinha calma e paciência ao se expressar. Sorria e mantinha o tom de voz enquanto demonstrava força no olhar.

Comecei a trabalhar na A&N na sua segunda semana de existência. Eu passava o dia no escritório, esperando clientes, enquanto Helena se dedicava a imprimir panfletos, fazer contatos e conseguir projetos com seu antigo chefe. Os momentos de ócio foram comuns nessas primeiras semanas, mas eu procurava usá-los para me inspirar para os grandes projetos que estavam por vir.

Nesses dias, planejei resorts, prédios e condomínios. Fiz decorações inspiradas no traçado do celebrado vaso de cerâmica que eu contemplava como minha única companhia. Brinquei de paisagista quando as horas demoravam demais a passar e eu me entediava com meus próprios desenhos. Eu não tinha consciência de como isso era um alívio pra minha mente, até Helena chegar no escritório com um cliente na minha quinta semana de trabalho. Era um casal de amigos de uma conhecida dela. Eles estavam planejando o casamento e procurando um terreno para dar início à obra de suas vidas.

Nesse primeiro atendimento, percebi, com enorme clareza, que ninguém conta aos jovens quão custoso é se tornar um adulto. Quando somos crianças, existe muita insistência para que desfrutemos ao máximo nosso tempo de brincadeiras e passatempos. "Você deveria agradecer por não ter responsabilidades", lembrei-me de ouvir repetidas vezes quando reclamava de não ter liberdade suficiente para fazer o que eu quisesse quando eu quisesse.

Simultaneamente, existe muita pressão para que a criança aprenda, estude, leia, escreva, conheça, explique, demonstre. Os mais velhos tentam mostrar que a vida dos mais jovens é fácil demais e que o que está por vir é tão exaustivo que trará saudades da nossa faixa etária. Mas, ao mesmo tempo, os jovens são bombardeados com cobranças, regras, denominações, rótulos, além de uma inflamada rebeldia e uma ânsia constante de se tornar adulto só para não ter de lidar mais com aquela encheção de saco.

Apesar de acreditar que praticamente todas as pessoas entendem o quanto a construção de um imóvel é trabalhosa, difícil e cansativa, acho que são poucas as que notam essa metáfora em relação à construção da vida emocional. Nas duas, os sistemas são os mesmos, e há muita demanda de paciência, apoio, organização e autoconhecimento.

Mas o casal à minha frente, no escritório de engenharia, desconhecia completamente ambas as concepções da ideia de construção. Eu quase não podia acreditar que duas pessoas nem mesmo conseguissem conceber que seria necessário entrar num acordo sobre o que queriam para que pudéssemos começar a esboçar sua casa dos sonhos.

Enquanto ela sonhava com pé-direito alto e uma porta principal imponente, ele imaginava uma casa simples, de teto baixo, sem acabamento em gesso, rudimentar, mas aconchegante, como as casas em que ele havia morado ao longo da vida. Ela imaginava um ambiente conjugado, com sala, área de lazer e uma cozinha americana com azulejos coloridos e elegantes, no mesmo espaço. Ele queria uma cozinha fechada e separada.

— Uma cozinha americana é inconcebível! — reclamou. — A casa inteira vai ter cheiro de gordura e viver esfumaçada. Imagine o barulho e a sujeira quando quisermos receber amigos e parentes!

Ele sequer estava disposto a esperar para discutir essas questões a sós, deixando-a notavelmente envergonhada ao se ofender quando ela tentava convencê-lo do seu ponto de vista. É incrível o quanto se pode conhecer a personalidade de alguém apenas pedindo que a pessoa descreva sua casa dos sonhos. Posteriormente, durante muitos anos, me aproveitei dessa artimanha não apenas para puxar papo com as pessoas, mas também para notar coisas mais íntimas a seu respeito na forma como descreviam paredes e janelas.

Todas as vezes que o casal marcava uma reunião no escritório, eu me lembrava da minha terapeuta. O ritual com eles se mostrava cada dia mais parecido com uma sessão.

Assim que eles passavam pela porta, eu e Helena assumíamos nossa postura mais profissional e agíamos com toda a atenção, como se estivéssemos pisando em ovos. Cada palavra e cada expressão facial era escolhida com cuidado. Não apenas porque eram nossos primeiros clientes, mas porque não queríamos ser responsáveis por discussões eternas, que, na pior das hipóteses, acabariam não apenas com a possibilidade de um projeto bem-sucedido como também com aquele relacionamento.

Durante vários encontros, sem termos combinado, respondemos a todas as perguntas do casal com outras perguntas.

— Uma porta mais larga traz um ar de requinte, não é? — perguntava a cliente.

— O que vocês acham de grandes janelas de vidro temperado? — retrucávamos.

Quando não estávamos presas nesse jogo de gato e rato, mantínhamos uma expressão de paisagem, acenando a cabeça positivamente e concordando até quando os dois davam opiniões totalmente divergentes.

Era inexperiência travestida de seriedade. Nós tínhamos consciência de que estávamos fazendo um péssimo trabalho, mas não tocávamos no assunto. Eu gostava de acreditar que não o fazia para não questionar a postura do casal, o que, com certeza, não seria nada ético. Na verdade, eu não o fazia porque sabia que teria de assumir a minha incapacidade de lidar com a situação. Durante os encontros, falávamos o essencial para manter um esboço do projeto, acreditando piamente que eles não estavam percebendo nossa inexperiência. Até que, depois de nove reuniões, recebemos um e-mail que dizia que nossos serviços não eram mais necessários, pois eles haviam decidido adiar os planos.

Semanas depois, descobrimos, pela conhecida de Helena que nos indicara ao casal, que eles haviam procurado outro escritório, buscando pessoas que, segundo suas próprias palavras, "conseguissem deixá-los menos confusos ao saírem da reunião do que estavam ao entrar". Parecia que, àquela altura, estavam felizes da vida com um projeto que unia o melhor do que cada um dos dois considerava essencial.

Helena e eu ficamos aliviadas e prometemos não mais ter receio de sermos sinceras com os clientes e conosco. A partir daquele momento, discutir nossas inabilidades passou a ser o lema da empresa.

Nesse ínterim, o antigo chefe de Helena terceirizou aos cuidados da A&N alguns projetos que sua empresa não tinha pessoal nem tempo suficiente para realizar. Isso foi ótimo, já que ele lidava diretamente com os clientes e podíamos trabalhar apenas nos projetos arquitetônicos e nos desenhos em três dimensões.

E, aí, veio o acidente de Henrique.

Nem ele, no auge da sua sapiência imaginária, poderia ter previsto que meu distúrbio de ansiedade tinha vindo para me preparar para o momento em que eu o perderia. Sem os anos de terapia, não consigo sequer imaginar como eu teria reagido à maneira brusca como a vida dele foi tirada.

Mesmo com o equilíbrio e o autoconhecimento que eu havia adquirido nas copiosas sessões de psicanálise, senti um rombo sem dimensões ser aberto no meu peito quando os policiais me contaram o que realmente tinha acontecido. O silêncio dentro da delegacia se tornou ensurdecedor. Meu futuro e meu passado pareciam escorrer pela sarjeta enquanto eu me dava conta do tamanho da minha impotência, enquanto assimilava aquela injustiça sem tamanho.

As melhores lembranças me passaram pela cabeça, seguidas por todas as vezes em que falhei com ele. Os dias em que perdi a paciência. As vezes em que deixei de dizer que o amava antes que ele fosse embora e fechasse a porta da fortaleza. Os momentos em que eu poderia ter insistido mais contra o sono, contra o tédio, contra a teimosia dele em ser sempre generoso e solícito. Todas as vezes em que eu soube que ele precisava de cuidado, mas em que procrastinei porque estava cansada demais de lidar com a tenacidade dele. Todas as noites em que ele saiu no meio da madrugada e eu nem perguntei por que, pois não queria afastá-lo ainda mais com sentimentos que poderiam ser confundidos com ciúmes e posse.

Não posso compreender como a insuficiência e a debilidade se instalaram em mim em milésimos de segundos e nunca mais saíram da minha consciência. Foi, de longe, o dia mais triste da minha vida. Foi também o dia em que mais compreendi quem verdadeiramente era o Henrique, quando o motorista que o encontrou, que se chamava Toledo, me contou que, havia meses, via Henrique diariamente na mesma região e no mesmo horário. Ele pensava que Henrique ia para o trabalho naquele horário e não podia imaginar que o corpo jogado na calçada, a muitos quarteirões de distância de onde o via todos os dias, pudesse ser dele. Quando me contou essas coisas, ele estava transtornado demais, abatido demais, culpando-se por não ter começado a viagem logo que chegou à companhia de transporte público e lamentando a morte de um desconhecido que ele parecia conhecer melhor do que eu.

— Se eles não exigissem que eu só saia da garagem às quatro horas da manhã, talvez eu ainda o tivesse encontrado com vida.

Eu o olhava nos olhos, mas era como se visse e ouvisse um amigo imaginário fruto das minhas piores fantasias. Sentia-me anestesiada, quase capaz de tocar o arrombamento feito no meu peito e sentir o ar passando de um lado para o outro.

Não chorei. Não me exaltei. Não me indignei. Nem mesmo consegui indagar qualquer coisa. O sentimento que eu havia experimentado pela primeira vez naquele táxi, a caminho de casa depois de ir ao médico, se apossou de mim novamente.

Tudo que eu percebia eram palavras rondando minha mente.

Henrique.

Madrugada.

Ambulância.

Não resistiu.

Meus sentimentos.

Informar a família.

E tudo em que eu conseguia pensar era voltar ao minuto anterior àquela ligação, com Tapioca deitada aos meus pés, ocupando muito mais espaço do que ela realmente precisava, e dormir meu sono profundo até as sete horas da manhã, quando eu acordaria com uma mensagem de Henrique perguntando se eu havia dormido bem.

Será que era pedir muito?

Fui retirada do meu transe por um policial simpático, que, com uma expressão de piedade, ofereceu suas condolências e reiterou a importância de informarmos a família o mais rápido possível, para que o boletim de ocorrência pudesse ser concluído e fosse dado início à autópsia e aos preparativos do funeral.

É um tanto quanto óbvio que alguém precisa cuidar de todo esse processo burocrático, mas ninguém sabe como lidar com a situação até cair de paraquedas pela primeira vez nesse tipo de circunstância. Eu só conseguia pensar no tamanho da injustiça que tinha levado a vida de Henrique. A sensação de impotência e a falta de reação foram canalizadas e esvaídas na direção daquele senhor de meia-idade, que, além de estar apenas fazendo seu trabalho, tinha as melhores intenções.

Ao que parece, pelas cenas que se seguiram, meu inconsciente não interpretou a situação dessa maneira, permitindo que eu desse início a um show de horrores na delegacia, provavelmente um dos piores que aqueles policiais presenciaram ali. Fui invadida pelos pensamentos descontrolados que tive ao receber a notícia e consumida por uma raiva que parecia estar contida nas minhas entranhas desde meu nascimento. Entre gritos e lágrimas, joguei no chão tudo que vi pela frente: mesa, cadeira, papéis, grampeador, caneca, café, telefone. Eu atirava tudo no ar enquanto urrava e me debatia como um animal selvagem até ser segurada pelo mesmo policial que me dera a notícia e me restar apenas espernear com todas as minhas forças na tentativa de eliminar a fúria infecciosa impregnada nos meus músculos. Esse foi o meu jeito de dizer: "Como você espera que eu dê essa notícia aos meus sogros se não consigo nem digerir as palavras: 'Meus sentimentos'?".

"Quem dá brilho ao olhar
é a vida que a gente optou
por levar."

Martha Medeiros

Eram quase oito horas da manhã quando me senti capaz de dar a notícia pessoalmente. Dois oficiais que estiveram presentes durante meu ataque de fúria me levaram à casa dos pais de Henrique, e até agora não sei se isso foi uma gentileza ou se tinham medo que eu surtasse no meio do caminho e resolvesse não dar a notícia.

Os pais de Henrique eram ótimas pessoas; já era de se esperar que criassem um filho tão amoroso e dedicado como ele e como Luís, o irmão mais velho de Henrique e a única pessoa que eu conhecia capaz de ser tão magnânima quanto ele. A mãe, no auge dos seus cinquenta anos, tinha cabelos castanho-avermelhados e era baixinha e dona de uma doçura tenra. Ela abandonou o trabalho pouco antes de seu primogênito nascer e, desde então, dedicava-se ao bem-estar integral da família. O pior defeito que pude encontrar nela era achar que todo mundo estava sempre com fome. Não havia um só instante em que ela não insistisse para que nos alimentássemos. A cozinha de sua casa estava sempre abastecida de diferentes sabores. Nunca conheci alguém que demonstrasse tamanha satisfação em tornar a vida dos seus próximos mais agradável.

O pai de Henrique tomava conta da gráfica com o filho e tinha uma serenidade invejável. Comunicativo e politizado, sabia conversar sobre qualquer assunto. A família costumava brincar que a diplomacia com que ele resolvia as brigas entre os dois irmãos deveria ser estudada nos cursos universitários de relações internacionais e, por que não, ensinada a todos os pais de primeira viagem.

Ele era bem alto se comparado à esposa. Certamente, Henrique tinha herdado dele a impassibilidade e o corpo esguio, embora o pai, que já se aproximava dos sessenta anos, tivesse uma barriguinha protuberante de quem come bem até demais. Todos os membros e agregados da família entendiam e respeitavam aquela saliência, sabendo o quanto era complicado lutar contra as gulodices oferecidas insistentemente.

Luís, irmão de Henrique, sempre foi aventureiro e esforçado. Fez um curso técnico em mecânica enquanto cursava o colegial e, pouco antes de completar o ensino médio, candidatou-se a uma bolsa de estudos na Universidade de Georgetown, em Washington, nos Estados Unidos, sendo aprovado já na primeira tentativa. Casou-se por lá e teve uma linda bebê, que estava prestes a completar um ano. Uma vez ao ano, nas festas de Natal e Ano-Novo, visitava a família no Brasil.

Assim que toquei a campainha, lembrei-me, por algum motivo, que Henrique nunca conheceria a sobrinha. Foi como levar um soco na boca do estômago.

A mãe de Henrique abriu a porta num misto de surpresa e curiosidade e me convidou para entrar. O marido já havia saído em direção à gráfica. Ela imaginava que Henrique tivesse ido mais cedo para a empresa e, por isso, não demonstrou preocupação.

Fui cuidadosa na escolha das palavras, mas, qualquer que fosse a junção das sentenças, o arrebatamento nas vísceras seria o mesmo. Essa notícia corrói a alma, não importa a formalidade dos termos usados.

Como eu já esperava, ela não conseguiu acreditar no que eu estava dizendo. Precisei confirmar e repetir algumas vezes como tudo tinha acontecido, e ela só se convenceu mesmo quando lhe informei que dois policiais aguardavam por mim numa viatura. Chamei os dois oficiais, e tudo que se desenrolou depois foram trâmites funcionais e muito sofrimento.

O pai e o irmão de Henrique foram avisados. Respeitando a vontade dele, os órgãos foram doados, ao menos os que não haviam sido destroçados com a pancada. Isso prolongou todo o processo, pois foi necessária uma autópsia especial.

Papéis para assinar.

Avisar os mais próximos.

Caixão para escolher.

Túmulo.

Mais papéis.

Flores.

Angústia.

Lágrimas.

Impotência.

Por mais que soubéssemos que não teríamos mais sua presença, todas essas obrigações e formalidades ocupavam-nos, dando a impressão, em diversos momentos, que se tratava apenas de concluir mais uma tarefa. A cada função cumprida um pouco de sua existência era tirada de nós, e o vazio ficava cada vez maior. Era como se a vida de Henrique estivesse se dissipando no ar.

Luís não conseguiu estar presente, mas anos depois ele agradeceria a oportunidade de guardar na memória apenas as boas lembranças que tinha do irmão.

Toledo, o motorista de ônibus, esteve no funeral durante a maior parte do tempo, exibindo o mesmo remorso que eu tinha visto na delegacia. Para ele, era como se aquela morte resultasse apenas do fato de ele não ter chegado ao local uma hora antes.

Num certo momento em que eu estava anestesiada ao lado do caixão, implorando mentalmente para aquilo tudo não ser mais do que um pesadelo, o ouvi dizer a um conhecido que tinha solicitado permissão para sair mais cedo da garagem naquele dia. Eu quis dizer a ele que nada daquilo era culpa dele, quis agradecê-lo por ser tão solícito e estar partilhando nossa dor, mas não tinha energia suficiente nem para convencer a mim mesma de que aquilo não era minha culpa. Não achei que eu seria capaz de convencê-lo com minhas palavras falsas, e não era como se eu conseguisse sair do lugar para ajudar alguém.

Os dias após o enterro me aproximaram ainda mais da família de Henrique. Era como se apenas nós soubéssemos o tamanho da dor que carregávamos, e espontaneamente criamos um grupo de amparo composto por nós quatro. Eu passava a maior parte do tempo na casa deles, e Luís passava boa parte do dia e da noite conosco via Skype.

A gráfica ficou fechada por uma semana, o que não ajudou em nada os negócios, mas, sem Henrique, e com seu pai fora de si, tomado pela dor, não houve outro jeito. Foi então que eu soube realmente dos problemas financeiros da família e que Henrique já não dormia uma noite inteira havia muito tempo. Era raro que conseguisse dormir mais de três horas, pelo que seus pais me disseram. Fazia caminhadas pelas ruas da cidade todas as noites, pois assim conseguia cansar o corpo e descansar a mente, forçando ambos a algumas horas de sono. Nesse momento, compreendi o verdadeiro motivo pelo qual, mesmo depois do noivado, ele se recusava a dormir na minha quitinete e nunca propôs que eu dormisse na casa dele.

Voltei ao trabalho uma semana depois do dia em que Henrique foi declarado morto. Nesses dias difíceis, Helena se mostrou mais que uma chefe, checando constantemente se eu não precisava de alguma coisa e insistindo para que eu só voltasse ao trabalho quando estivesse pronta, mas eu estava descobrindo que as pessoas têm razão quando dizem que é preciso ocupar a cabeça em momentos de desconsolo e solidão.

Eu passei por todos os estágios do luto; a negação e a raiva foram os mais imediatos e se dissiparam tão rapidamente quanto se instalaram. A barganha surgiu assim que vi o caixão ser retirado do carro funerário. Já a depressão comprimia meu peito todas as vezes em que eu acordava à espera da mensagem matutina de Henrique ou quando recebia a visita de alguém, via vinhos à venda na prateleira de algum supermercado ou fechava os aplicativos que havia deixado abertos no meu celular.

Henrique tinha uma fixação intrigante com o número de aplicativos que eu deixava abertos no meu telefone. Ele se divertia com competições diárias de quantos aplicativos eu teria deixado abertos. Caçoava de mim toda vez que eu me queixava da bateria do meu telefone, que não suportava sequer cinco horas de ócio, e chegou a fazer uma planilha mental dos recordes de aplicativos abertos.

Um dia, quando se deu ao trabalho de finalizar dezoito aplicativos abertos ao mesmo tempo no meu aparelho, sugeriu que saíssemos para comemorar, pois o que tínhamos ali era um recorde digno do Guinness Book. Eu aceitei a proposta, é claro, porque não negava uma boa desculpa para jantar fora.

Para amenizar os momentos de tristeza profunda em que era pega de surpresa pela lembrança de que Henrique não estava mais entre nós, eu me forçava a recordar o dia em que nos conhecemos, as horas seguidas que passamos instigando Tapioca ao mover um ponto de laser na parede, os planos que fazíamos para o dia do casamento. No início, fiz isso espiritualmente, pensando em bons momentos e guardando comigo essas lembranças. Depois, comecei a me expressar verbalmente sempre que essa tristeza me dominava.

Fiz isso tantas vezes, e com tantas pessoas, que um dia notei que, sem querer, havia, com os três Furlan remanescentes, estabelecido as noites de sexta-feira como o momento oficial de relembrar os bons momentos que tivemos com Henrique. Eu havia trocado a massa e o vinho com ele por massa e vinho com boas lembranças dele. Esses momentos se tornaram tão comuns que às vezes, durante o expediente, em meio a um longo silêncio, sem mais nem menos, eu começava a dividir minhas lembranças com Helena.

— Já contei a você sobre o dia em que Henrique foi confundido com o vocalista de uma banda? — perguntei a ela certa vez.

No começo, ela tomava um susto perceptível toda vez que minha voz quebrava o silêncio com uma lembrança, e por várias vezes notei sua feição de compaixão enquanto eu, eufórica, descrevia algum acontecimento. Depois de um tempo, de tanto escutar nossas histórias festivas e inusitadas, ela passou a se divertir como se tivesse estado presente conosco em cada momento. Um dia, após horas estressantes de trabalho, fui surpreendida com um convite dela:

— O que você acha de irmos naquele novo bar que abriu na Vila Madalena? Eu pago, e você me conta de novo como foi aquele dia em que você e Henrique ficaram tão bêbados que sentaram entre mendigos para dividir a última bebida e esperar o sol nascer. Quem sabe a gente não repete essa história hoje?

Aos poucos, nosso relacionamento foi evoluindo de colegas de trabalho para a amizade vigorosa que temos até hoje.

Os instantes em que me sentia tomada por uma tristeza profunda foram os que mais demoraram a passar, mas certamente compensá-los com boas recordações foi o que evitou que eu e a família de Henrique naufragássemos na carência que a saudade provoca.

Quando a depressão da perda começou a dar espaço para a aceitação, senti surgir em mim algo que eu havia experimentado muito pouco: a vontade de inovar, arriscar, viajar. Eu tinha vinte e seis anos, mas sentia que não havia vivido mais que vinte. Eu queria, e precisava, começar de novo.

Já fazia mais de um ano que eu trabalhava na A&N. Os negócios iam bem, melhores que nunca, e eu tinha passado a receber mais à medida que a quantidade de trabalho crescia. A terceira mesa do escritório tinha sido finalmente preenchida por uma administradora, que, com um êxito que eu e Helena jamais atingiríamos, atendia aos clientes, entendia suas imposições e seus desejos e controlava todas as planilhas que não tínhamos tempo nem ânimo de encarar. A busca por nossos serviços cresceu tanto que só me sobrava tempo de descansar, dar atenção para Tapioca – quando ela queria – e estudar os modelos mais modernos de construções.

Não dava tempo nem para gastar a grana que eu ganhava. Sequer consegui buscar os títulos que demonstravam, oficialmente, que eu havia cursado e sido aprovada no curso superior e no mestrado.

O contato com a família de Henrique havia diminuído. Havia muito que não nos víamos nem nos falávamos. E como eu não tinha tempo nem para me sentir solitária também não havia me aberto emocionalmente para ninguém, fosse para um relacionamento ou não.

A mesmice começou a causar uma ansiedade exacerbada em mim. Era como se a fortaleza não fosse mais suficiente para me abrigar, e eu podia jurar que Tapioca também já estava de saco cheio daquelas paredes e do parapeito que agora mal sustentava o peso que ela adquiriu depois da castração. Eu precisava de mais. Se tinha havido um tempo em que eu era incapaz de sair por aquela porta, agora eu havia descoberto que pertencia ao mundo e que aquela maçaneta central era a personificação do meu cárcere privado.

Inúmeras vezes, peguei-me pesquisando um mapa-múndi e priorizando ficções de autores amadores, única paixão que eu ainda mantinha, que se passassem em outros países, com outras línguas, costumes, culturas.

Durante uma sessão de análise, relatei minha angústia quanto a não ter vivido experiências suficientes e fui questionada sobre quais fatores me prendiam ao pequeno apartamento que agora eu chamava de "prisão". Não consegui responder diretamente a essa pergunta, o que deixou claro, para mim, que eu não tinha nada que me prendesse e me encorajou a pensar na possibilidade de viver outras experiências.

Muitas vezes, eu notava que pensamentos e emoções que se tornavam evidentes dentro daquele consultório terapêutico nada mais eram que conclusões às quais eu chegaria em algum momento. Estar ali, naquele ambiente seguro, apenas acelerava esse processo de elucidação.

Seja o que for que tenha motivado minha decisão, eu havia encasquetado que, dali a seis meses, faria de outro país a minha morada. Agora só faltava decidir qual seria o destino.

"Há alguns que nascem
com estrelas e outros com
mais algumas, e mesmo que
você não queira acreditar,
nasci com constelações."

Frida Kahlo

Paris?

Madri?

Budapeste?

Washington?

Pesquisei incansavelmente sobre as quatro capitais, locais onde se passavam os últimos romances que eu havia lido compulsivamente. Passei a acompanhar páginas de redes sociais mantidas por brasileiros que viviam nessas cidades. Informei-me tanto sobre elas que, em certo momento, foi como se já as conhecesse, como se já as tivesse visitado.

Fiz amigos virtuais em cada uma dessas páginas e, antes mesmo de ter meu passaporte em mãos, comecei a experimentar o saudosismo de todos que passam muito tempo longe da sua terra natal. Conversei com eles sobre suas rotinas, seus trabalhos e sua relação com a nova cidade em que estavam vivendo, procurando saber sobre transportes, oportunidades, clima e receptividade dos nativos em relação a estrangeiros.

Também retomei o contato com Luís, irmão de Henrique, e trocamos incansáveis e-mails. Falávamos sobre os prós e os contras de morar em Washington, uma capital com importância mundial, mas que, apesar de pacífica e segura, impunha a nós uma barreira linguística. A precariedade do meu espanhol, as opiniões de que o húngaro é a língua mais difícil de ser aprendida, meu conhecimento nulo de francês e meu substancial domínio do inglês já indicavam que eu deveria optar por Washington, mas foi a política norte-americana de migração de animais de estimação, bem mais tranquila do que na maioria dos países europeus, que me fez decidir – afinal, para onde quer que eu fosse, Tapioca iria comigo. Eu a considerava minha família mais próxima, já que meus pais viviam a quase setecentos quilômetros de São Paulo.

Encontrei muita informação sobre o assunto e relatos de várias pessoas sobre todo o procedimento de migração. Além disso, todo mundo sabe que os americanos, de maneira geral, são muito cuidadosos com seus animais de estimação.

Não compartilhei meus planos com ninguém além dos meus novos amigos virtuais e Luís. Nem mesmo Helena imaginava que, num dia mais tranquilo no trabalho, ainda durante o expediente, eu tinha dado entrada no pedido de visto de estudante, preenchendo um formulário tão cansativo e burocrático que me custou duas horas. Depois, agendei a data e o horário para comparecer à entrevista exigida pelo consulado.

A data mais próxima era dali a cinco semanas, e o visto poderia levar, dependendo da demanda, até três meses para ser definitivamente aprovado e anexado ao meu passaporte. A passagem que eu havia comprado, porém, era para dali a exatos cem dias. Uma pessoa do grupo de brasileiros que vivia em Washington havia me aconselhado a comprar a passagem o quanto antes, para conseguir um preço melhor e porque essa seria mais uma comprovação da minha intenção de adentrar o país. Agora, eu enfrentava a possibilidade de não conseguir o visto a tempo, mas minha única opção era correr o risco.

O formulário de pedido do visto já estava entregue, mas até mesmo preenchê-lo tinha sido um desafio. É interessante o quanto ficamos inseguros de nossa história quando somos questionados sobre cada detalhe de nossa vida e cada escolha que fizemos.

"Onde nasceu?"

"Onde morou?"

"Por quanto tempo estudou?"

"Em que empresas já trabalhou?"

"Ainda trabalha?"

"Quanto dinheiro tem na sua conta?"

"Quanto pretende gastar?"

"Quanto tempo pretende ficar?"

"Conhece alguém no seu destino?"

"Quem?"

"Onde essa pessoa mora?"

"Por que escolheu esse destino?"

"Antecedentes criminais?"

"Doenças?"

"Episódios psicóticos?"

São perguntas simples, mas acompanhadas do receio de dar uma resposta errada. Será que a verdade é a resposta que eles querem? Será que precisam mesmo saber exatamente por que e como escolhi meu destino?

As respostas deveriam ser comprovadas com todos os documentos possíveis durante a entrevista. E, se, por acaso, o entrevistador não fosse com sua cara, seu visto seria negado, e não haveria comprovação que resolvesse o problema.

Depois dessa autoanálise forçada, comecei a me perguntar se minhas decisões tinham sido boas o suficiente para que eu conseguisse permissão para entrar em outro país. Logo depois, já estava me perguntando se, independentemente do visto, eu tinha feito boas escolhas.

Além de tudo, se o visto fosse aprovado, eu precisaria enfrentar, sozinha, um voo de nove horas. Meu estômago já começava a embrulhar só de pensar nessa possibilidade. Eu nunca havia saído do país e, mesmo antes de voos domésticos, vivenciava um misto de ansiedade e do velho medo de aviões. Meu pavor era consciente, não chegava a ser uma fobia, mas me causava náuseas pensar que, para ter experiências diferentes, eu teria de passar no mínimo oito horas sozinha nesse meio de transporte efêmero.

Henrique e eu não costumávamos viajar com frequência. As poucas viagens que fizemos foram à minha cidade natal para visitar meus pais. Ainda assim, agíamos como se fossem grandes viagens de férias. Durante esses trajetos, fazíamos testes para tentar aliviar meu pavor de aviões. Tentamos de tudo, de superstições a medicamentos para dormir. Usei o mesmo par de meias em todos os voos, acreditando que assim não passaríamos por turbulências durante a viagem. Tomei calmantes fitoterápicos. Outras vezes tomei medicamentos para enjoo e mal consegui chegar até a poltrona do avião antes de dar início ao meu sono profundo. Até repeti mantras que citavam espécies de pássaros que passam bastante tempo no ar.

"Beija-flor, gavião, canário, albatroz."

"Beija-flor, gavião, canário, albatroz."

"Beija-flor, gavião, canário, albatroz."

"Beija-flor, gavião, canário, albatroz."

É loucura, eu sei, mas meu medo é irracional, e soluções pouco racionais me pareciam uma boa decisão. Aos poucos, percebi que o que funcionava mesmo para mim era a junção do par de meias que prevenia turbulências com um comprimido de Dramin. Nas últimas viagens que fiz à minha cidade, já me sentia mais tranquila, e muitas vezes até esqueci de ingerir o medicamento, confiando na meia da sorte.

Eu nasci numa cidade pequena e tranquila, de pouco mais que duzentos mil habitantes. Lembro-me muito das ruas estreitas e dos moradores curiosos, em sua maioria idosos. A principal fonte de recursos era o plantio de cana e o principal entretenimento era a vida alheia. Um ótimo lugar para quem queria descanso, mesmo porque era impossível fazer programas joviais. Os restaurantes fechavam às dez horas da noite, e os donos tentavam expulsar os clientes antes mesmo de o relógio mostrar esse horário.

O ritual de despejo era o mesmo em todos os estabelecimentos, fossem bares, lanchonetes, restaurantes, mercearias. Às nove e meia da noite, as cadeiras eram suspensas e colocadas em cima das mesas e o garçom perguntava, pela terceira vez, se você gostaria de pedir mais alguma coisa, insinuando que estava na hora de pedir a conta. Quando faltavam quinze minutos para as dez horas, caso o cliente fizesse de conta que não tinha entendido o recado, alguém saía da cozinha com uma vassoura e começava a limpeza do lugar. A expulsão dos clientes parecia ter sido combinada por todos os empresários locais, e era bem possível que tivesse sido mesmo, já que dava para contar nos dedos das mãos quantos estabelecimentos comerciais de alimentação havia naquela cidade.

Numa das primeiras vezes em que visitou minha cidade natal, Henrique me perguntou se nunca tinha passado pela cabeça deles que seria muito mais fácil e cortês informar aos clientes que estavam prestes a fechar e precisavam trazer a conta. Lembro-me dessa pergunta porque me senti um tanto estúpida por nunca ter pensado nisso. A expulsão dos clientes se tornara tão costumeira para mim que eu a considerava uma tradição. Era o que me dava a certeza de estar em casa.

"É assim que as coisas funcionam no interior", foi tudo o que me ocorreu responder. Quando comecei a sentir uma ânsia pelo novo e o desejo de explorar uma cultura desconhecida, perguntei-me se continuando na mesmice, no mesmo trabalho, mal tendo tempo para a vida pessoal, eu não me tornaria um daqueles donos de restaurante, que, por não conhecer algo diferente, continuavam repetindo as mesmas atitudes sem ao menos se questionar.

Para meu grande alívio, o visto foi aprovado e chegou nove dias após eu ter minha vida esmiuçada no consulado. Assim que terminei a entrevista, soube que o pedido havia sido aprovado, mas era necessário aguardar que o passaporte fosse enviado pelos correios já com o selo e os carimbos do visto. Aparentemente, as pessoas não estavam superlotando o consulado americano à procura de vistos, e isso tinha agilizado o processo.

Com o visto em mãos, dei andamento aos procedimentos para levar Tapioca comigo. Surpreendentemente, o trâmite para a migração da gata foi ainda mais burocrático que o meu. Eram necessárias comprovações de que as vacinas haviam sido dadas no dia correto, um histórico de saúde, um atestado dado pelo veterinário, um exame de sangue e a ingestão de vermífugo exatamente vinte e quatro horas antes da viagem. Só faltaram perguntar qual escola de miados ela havia frequentado e quantas ronronadas pretendia dar por dia.

Com os dois processos aprovados, inscrevi-me num curso de inglês com duração de dois meses, optando por uma escola pouco frequentada por brasileiros. Não era uma questão de preconceito, mas a preocupação de conhecer muitos brasileiros e acabar falando mais em português que em inglês. Na mesma semana, avisei a Luís sobre minha chegada. Ele, sua mulher e a pequena Bela gentilmente me ofereceram um quarto de hóspedes, para que eu fizesse uso até me adaptar à nova vida.

Contar a Helena sobre minha partida foi a parte mais difícil. Já estávamos mais ligadas uma à outra do que eu gostaria. Convivíamos tanto, dentro e fora do escritório, que nossos períodos menstruais já estavam sincronizados. Conversávamos tanto, e sobre tantos assuntos, que já não nos despedíamos nem nos cumprimentávamos. Nossa ligação era tão orgânica que um papo era considerado continuação do anterior, e, como tínhamos certeza de que nos veríamos dali a pouco, despedidas não eram necessárias.

Eu a admirava como chefe e como pessoa e me considerava muito afortunada por ter uma amiga como ela. Foi penoso imaginar meus dias sem nossas conversas contínuas, mas eu não podia adiar o inadiável sem causar prejuízo à nossa amizade e à empresa. Era minha vez de convidá-la pra tomar uma cerveja depois do trabalho e pedir que me contasse novamente a história do dia em que foi a um festival de música e voltou para casa usando apenas um dos pés do par de tênis que calçava.

Reuni coragem e pedi minha demissão. Depois de desejos de felicidade, algumas lágrimas derramadas e alguns copos de cerveja, era hora de começar a pensar na mudança. Empacotei livros e recordações. Embrulhei objetos de decoração enquanto conversava com Tapioca sobre o quanto nossa vida seria interessante e cheia de novas experiências em outro continente.

Assinei o contrato de saída da minha prisão, *a.k.a* fortaleza. Coloquei meus poucos móveis usados à venda. Visitei um bazar na esperança de me desfazer de todas as minhas roupas, muito mais apropriadas ao calor tropical do Brasil que ao frio de Washington, mas não fui capaz de vender nenhuma delas.

Apesar dos percalços dos últimos anos, eu havia sido feliz demais na presença delas, e, no auge da minha pouca crença, entendi que aquela energia positiva deveria seguir em frente sem que nenhum centavo fosse cobrado. Assim, doei tudo a um centro de internação e ajuda a pessoas com transtornos psiquiátricos graves. É pouco, eu sei, mas foi muito simbólico.

Entrei no avião numa noite de domingo, com Tapioca numa bolsa a tiracolo, dormindo como eu não via desde os seus primeiros meses de vida. O avião estava praticamente vazio, e pude esticar minhas pernas em três poltronas e usufruir de três travesseiros, que usei para apoiar meus pés protegidos pelas meias à prova de turbulências. Mas, ao contrário de Tapioca, não consegui pregar os olhos.

Além de toda essa mordomia, fui agraciada pela companhia de um simpático comissário de bordo, Erick, que estava entediado demais para tentar dormir e tentava, a duras penas, aprender português. Ele me contou que trabalhava como comissário havia décadas e já tinha viajado pelo mundo todo, mas nunca encontrara um lugar que o fizesse se sentir tão bem quanto Baltimore, sua cidade natal, que fica a trinta e dois minutos de trem de Washington.

Também explicou que o baseball é uma das paixões nacionais dos americanos e me fez prometer que iria ao Yankee Stadium para assistir a um jogo dos New York Yankees. Depois, implorou que eu nunca mais voltasse caso fosse em mais de um jogo que os Yankees perdessem. Além disso, eu deveria patinar na pista de gelo que fica nos jardins da National Gallery of Art.

Quando o avião começou a descer, ele me chamou até uma janela do lado esquerdo e apontou vários pontos importantes da cidade, como o National Mall, o monumento a Washington, todo iluminado, e a Casa Branca. Quando o avião já estava quase pousando, desrespeitou as regras e me chamou para sentar junto a outra janela e ver bem de perto o Lincoln Memorial.

Ele falava sobre tudo com tanto entusiasmo que parecia que a empolgação que eu sentia o contagiava. Tagarelamos tanto que uma pequena família de brasileiros, sentada poucas fileiras atrás de nós, se aproximou para ouvir as explicações.

Apesar de ser quase seis horas da manhã, pelo horário local, ainda estava escuro. Como eu descobriria depois, o sol demora muito a nascer e se põe cedo no inverno, aproximadamente às quatro horas da tarde. Da janela do avião, a cidade plana parecia infinita com tantos pontos reluzentes. Era incrível como tudo parecia quadradinho e planejado, com quarteirões simétricos cortados por longas e amplas avenidas. Eu já amava aquele lugar sem nem ter colocado os pés no chão.

"Viver é a coisa mais rara do mundo. A maioria apenas sobrevive."

Oscar Wilde

Quando finalmente pousamos, o entusiasmo que tinha tomado conta de mim foi substituído por apreensão. Apesar de ter feito tudo que era pedido pela agência sanitária e seguido as normas aeroportuárias, ainda havia em mim uma incerteza de que eu podia ter feito alguma confusão ou esquecido algum detalhe necessário para que nós duas, Tapioca e eu, pudéssemos entrar no país.

Ela só acordou quando saímos do avião e mal viu a paisagem que nos recebeu, tão branca e uniforme quanto sua pelugem. Continuou meio abobada até chegarmos à fila do controle de imigração, mas aparentemente o efeito do sedativo que ela havia tomado para a viagem estava passando, pois bastou que eu colocasse no chão a bolsa de transporte em que ela estava seguramente acomodada para que começasse a miar como se estivesse sendo perseguida. Peguei a casinha e tentei conversar com ela, fazer carinho e esperar que se acalmasse antes de pegar nossos documentos na mochila, com medo de que chamássemos muita atenção, mas ela não parecia estar de acordo com esse plano. Quanto mais eu tentava acalmá-la, mais ela fazia um show com seus miados agudos e mais a minha aflição ficava evidente.

Imediatamente, as diversas crianças ficaram interessadas em saber de onde vinha aquele som, enquanto seus pais ficavam proporcionalmente desinteressados, desejando apenas que os miados chegassem ao fim para que eles pudessem voltar ao estado de quase sonolência enquanto esperavam sua vez em silêncio.

Uma das guardas que indicava os guichês aos quais deveríamos nos dirigir me chamou e pediu que eu a acompanhasse. Acho que a intenção dela era evitar constrangimentos, ainda que isso só tenha funcionado para os outros presentes na sala, já que eu só consegui ficar ainda mais envergonhada e tão inquieta quanto Tapioca.

Eu havia lido diversos relatos de pessoas que, mesmo com o visto, haviam sido impedidas de entrar no país ou tinham passado por uma minuciosa entrevista numa salinha à parte, onde suas malas eram abertas e cada centímetro das bagagens era investigado. Eu tinha certeza de que, depois da apresentação de desconforto de Tapioca, nosso destino seria a afamada salinha, onde eu ficaria tão nervosa que não conseguiria responder às perguntas e acabaríamos sendo mandadas de volta ao Brasil.

Minhas mãos e meu couro cabeludo suavam. Eu conseguia sentir as gotas de suor escorrendo pela minha nuca. Às pressas, tentava acompanhar os passos largos da agente de imigração enquanto torcia para que a gata parasse de miar e tentava, sem sucesso, pegar a pasta com nossa documentação, que estava dentro da mochila. Ao chegarmos à salinha, a guarda sugeriu que eu sentasse.

— Vou chamar um agente para falar com você — disse ela.

Foi o suficiente para que eu me sentasse, com as pernas bambas, mesmo depois de passar quase nove horas numa poltrona de avião. "Toda essa viagem e toda aquela burocracia para chegarmos aqui e sermos colocadas num avião de volta pra casa", pensei. "Porra, Tapioca, você foi tão comportada durante o voo... Por que diabos tinha que nos colocar nessa situação logo agora? Custava ficar de boa só mais meia horinha?"

Logo depois, comecei a planejar o que faria quando chegasse a São Paulo. "Será que Helena vai me aceitar de volta? Ou melhor, será que Helena vai me acolher em seu apartamento até eu conseguir alugar um novo lugar?"

Parecia que eu estava naquela sala praticamente vazia havia horas. Apenas eu, Tapioca, uma mesa, duas cadeiras, e, claro, minhas paranoias. Então, um rapaz cuja altura chamava a atenção abriu a porta. Ele parecia só um pouco mais velho que eu e tinha uma pele sedosa e morena. Seu uniforme quase não era capaz de conter os músculos. Sentou-se à minha frente e, apoiando os cotovelos na mesa, pediu que eu lhe mostrasse meu passaporte, o papel da alfândega que haviam distribuído no avião e a passagem. Tirei tudo do bolso e coloquei na mesa mais que depressa.

— Pretende ficar aqui por quanto tempo? — perguntou ele.

— Cerca de seis meses — menti.

— O que veio fazer nos Estados Unidos?

— Estudar inglês. — Isso, ao menos, não era uma mentira. Era evidente, pelo meu sotaque e pela gagueira causada pelo nervosismo, que eu precisava mesmo de aulas de inglês. Mas ele não se convenceu.

— Você tem comprovação da compra de um curso de inglês?

Consegui finalmente tirar a pasta da mochila e, com mãos trêmulas, entreguei a ele toda a documentação e comprovação que eu tinha.

— Então você vai ficar na casa de um conhecido? — perguntou enquanto analisava a carta que Luís tinha preparado, caso eu passasse exatamente por aquele tipo de situação.

Ele analisou os outros papéis minuciosamente e voltou a olhar para mim:

— E os documentos do gato?

— Estão todos aí — respondi, apontando a documentação de Tapioca.

— Você está nervosa? — perguntou, sério, notando que eu tremia.

Nem sequer me lembro se Tapioca já havia parado de miar porque toda a minha atenção estava focada naquela voz rouca, buscando compreender cada palavra que ele dizia e não me complicar ainda mais. Nunca passei tanto aperto na vida. Sozinha, em outro país, falando inglês pela primeira vez com um nativo americano, claramente insegura com o idioma e não tendo a menor ideia do que eu havia feito de errado, a não ser perturbar o sossego na sala de espera.

Minha noção de tempo havia desaparecido. Tive a impressão de que passaram quinze minutos de silêncio antes que ele falasse novamente, mas depois descobri que eu mesma não tinha ficado mais que cinco minutos naquela salinha.

— Não precisa ficar nervosa. Só chamamos você aqui para agilizar seu processo, já que seu gato parecia assustado — explicou enquanto carimbava meu passaporte. — Tá tudo certo. Seja bem-vinda. — Ele abriu um sorriso e indicou a porta.

Peguei minha mochila e a casinha de Tapioca, agradeci e saí apressadamente da sala em direção ao saguão onde ficavam as esteiras que traziam as malas. Foi só então que lembrei que a pobre gata poderia estar apenas com fome e reclamando do estômago vazio. Tirei um petisco da bolsa e dei a ela, o que a manteve calma por um bom tempo.

Alguns minutos depois, encontramos Luís, que nos aguardava na área de desembarque. Anne e Bela haviam ficado em casa, já que seria uma tortura tirar uma criança da cama tão cedo só para nos buscar.

Quando saímos do aeroporto, deparei-me com uma das cenas que marcaram meus primeiros meses fora do país e que eu jamais esqueceria. O sol começava a nascer, e o horizonte cinza do asfalto e ia se misturando com as tonalidades rosadas, amareladas e alaranjadas do céu. Árvores secas e folhas marrons compunham a paisagem, que mais parecia um quadro realista, fazendo todas as outras ocasiões em que vi o sol nascer parecerem meros desenhos de giz de cera.

O aeroporto ficava bem distante da cidade. Seguimos as placas que levavam a Forest Hills, passando por estradas ladeadas de árvores e ultrapassando carros enormes, largos e robustos. Em certo momento, passamos por uma placa que indicava a entrada para o quartel-general da CIA, o que foi a primeira informação que me ajudou a compreender um pouco o que aquela cidade representava.

Todas as casas eram muito parecidas em estilo, com grandes janelas de vidros e telhados escuros, tornando toda a paisagem um verdadeiro cenário. As calçadas eram largas e as casas tinham jardins amplos e cercas baixas de madeira. Algumas casas nem sequer contavam com a proteção da pequena cerca. Tudo era tão novo e surpreendente, mas ao mesmo tempo tão familiar, que uma onda de nostalgia e esperança me dominou, e, quando percebi, eu estava boquiaberta, com a testa encostada no vidro da janela e os olhos fixados na paisagem.

Eu estava fascinada com as construções diferentes, a maneira como a cidade foi estruturada, a organização das coisas. Passamos por vários tipos de paisagem até chegar ao bairro em que Luís morava, sempre por ruas amplas. A parte mais central da cidade tinha muitos prédios de poucos andares, sobrados e comércios. Nos subúrbios, os terrenos eram maiores e as casas, mais vastas.

Ainda assim, parecia que faltava alguma coisa, e passei certo tempo tentando descobrir o que estava me causando aquele estranhamento. De repente, num impulso, me peguei falando em voz alta:

— São os fios! Não tem cabos aparentes!

— É tudo subterrâneo — retrucou Luís, explicando algo que era óbvio. — Inclusive o fornecimento de gás.

— Peraí! Todas as casas têm gás encanado? Ninguém aqui compra botijão de gás? Mas como funciona? Vem uma conta, assim como a energia elétrica? — Eu me sentia como uma criança de seis anos que acabou de descobrir como a água chega à torneira. Era constrangedor e fascinante ao mesmo tempo.

Na faculdade, eu havia participado de um seminário sobre instalações de cabos subterrâneos e visitado uma das poucas áreas de São Paulo onde toda a infraestrutura era subterrânea. Eu sabia que existiam casas e prédios com gás encanado em São Paulo. Até o prédio em que eu morava tinha gás encanado, mas a proporção ali era descomunal.

Tentei imaginar postes e cabos aparentes naquelas ruas amplas e cheguei à conclusão de que era exatamente a ausência dos fios que fazia aquele lugar parecer tão limpo. É incrível como somos condicionados a acreditar que a maneira como as coisas são feitas na nossa sociedade é a única ou a melhor. Já estamos tão acostumados com certos cuidados e afazeres cotidianos que nem chegamos a questionar a possibilidade de serem diferentes.

Mesmo tendo estudado sobre estruturas subterrâneas de cabos e fios e sabendo que podiam ser instaladas no Brasil, isso me parecia uma possibilidade distante, especialmente depois de todas as redes já terem sido criadas de forma aparente. Eu nem sequer podia imaginar como seriam as ruas da cidade onde nasci se todos os cabos e fios fossem subterrâneos.

Luís me informou que passaríamos no Paul, o que me fez pensar que encontraríamos algum amigo dele no caminho para casa. Fiquei surpresa quando ele estacionou em frente ao que parecia ser uma padaria, onde havia um grande letreiro escrito "Paul". Havia dezenas de filiais espalhadas pela cidade, que vendiam de café a saborosos sanduíches feitos na hora. Depois de algum tempo em Washington, descobri que aquele era um dos lugares preferidos para o almoço, já que os americanos não fazem questão de uma grande refeição no meio do dia e geralmente optam por pequenos lanches. Muitos nem saem do trabalho, comendo algo que trouxeram de casa enquanto continuam trabalhando. Mas o que transformou o Paul no meu lugar preferido em Washington foi mesmo o café gelado e os croissants amanteigados.

Até hoje me pergunto como o café gelado ainda não se tornou um costume no Brasil, um país tropical e encalorado, onde, mesmo assim, insistimos em tomar café extremamente quente. Eu gosto de café quente. Depois de bastante tempo morando fora, eu ainda coava um café forte e quente de vez em quando, como o do Brasil, e ele tinha gosto de saudade. Já o café gelado com um pouco de leite e cubos de gelo era amor.

Chegamos à casa de Luís quando eram quase oito horas da manhã e percebi que as novidades não estavam só em como a cidade funcionava. Assim que passamos pela porta, ele me pediu para tirar as botas e foi logo explicando que esse era um costume por lá, já que os sapatos geralmente ficavam cheios de uma mistura de lama e neve, mesmo que aquele inverno não estivesse sendo tão rigoroso assim.

A casa tinha cheiro de carpete novo e pão de queijo. Anne se orgulhava de ter aprendido a fazer, com maestria, sua comida brasileira preferida e já nos esperava com uma fornada quase pronta. Bela demonstrou mais interesse por Tapioca do que por mim. Para a sorte dela, Tapioca era uma das gatas mais amorosas e tranquilas que já conheci e não apenas se adaptou bem à casa provisória como preferia fugir e se esconder, em vez de atacar, sempre que a pequena criança exagerava nos carinhos.

Não consegui evitar o pensamento de que eu deveria ter companhia quando chegasse o momento de conhecer Bela. Henrique teria amado vê-la correr e gargalhar pela casa na tentativa de acariciar Tapioca. Pelo silêncio que se instalou na sala enquanto observávamos as duas brincarem de pique-esconde, eu não fui a única que me lembrei de Henrique.

Depois de tomar um banho e me preparar para sair com Anne e Bela à procura de um bom casaco para mim, que conseguisse me proteger durante o inverno, comecei a sentir os efeitos da diferença de fuso horário. Fui dominada por um cansaço incontrolável e a vontade de deitar na cama e tirar um cochilo foi mais forte que minha ansiedade para conhecer mais daquela cidade.

Meu cochilo se prolongou por cinco horas, e, quando acordei, Bela já tinha ido para a escolinha, e Luís e Anne estavam no trabalho. Tapioca tinha encontrado minha cama e se aninhado no meu travesseiro, como sempre fez. Pela janela, vi árvores nuas, e, por alguns segundos, precisei me lembrar de onde eu estava e como havia chegado ali. O sono profundo, o papel de parede creme com pequenas estrelas douradas, a iluminação aconchegante, o carpete em tom escuro e o sol já baixo me fizeram cogitar a possibilidade de estar no cenário de um filme de Hollywood.

Desperta, decidi explorar o bairro por conta própria e aproveitar para me embasbacar com a neve sem nenhum conhecido por perto. Vesti algumas camadas de roupa e acessei a internet para dar uma olhada no mapa dos arredores. Percebi que havia um pequeno parque bem próximo e resolvi me arriscar pelos quarteirões desconhecidos.

Já tinha nevado o suficiente para as calçadas estarem cobertas por uma fina camada de neve. A cada passo que dava, meu tênis de caminhada, que eu considerava um dos meus melhores calçados, afundava na concentração macia de cristais de gelo, deixando pegadas fundas que indicavam meu paradeiro. Não demorou muito para que eu começasse a entender melhor aquela história de tirar os sapatos ao entrar em casa e a sugestão de Anne e Luís sobre comprar um sapato de inverno. Eu mal havia caminhado três quarteirões e já sentia o tênis úmido e a intensidade do frio de três graus negativos, mesmo usando dois pares de meias grossas.

Finalmente cheguei ao parque, onde havia uma quadra de basquete cercada, que estava coberta por gelo, assim como toda a paisagem. Havia algumas árvores robustas e despidas de folhas. Olhando da Chesapeak Street, o parque mais parecia um grande afresco ainda por terminar, em que o artista tinha optado por começar pintando os troncos das árvores. O lugar era de uma brancura tão reluzente que chegava a arder a vista, como quando olhamos para o sol por muito tempo. Era estonteante.

Fui consumida por uma vontade enorme de rolar naquela neve, como se fosse um colchão novo. Quis escrever nela como tantas vezes tinha feito na areia. Quis construir meu primeiro boneco de neve, mesmo sabendo que ele não teria uma cenoura no nariz, menos ainda botões nos olhos. Tive que conter todos esses desejos, pois não havia neve suficiente para tais façanhas. Se eu me jogasse no chão para formar um anjo movendo meus braços e minhas pernas, só criaria um espaço vazio em meio à lama e às folhas mortas e úmidas.

Tentei fazer um pequeno boneco de neve, mas minhas muitas tentativas de formar uma esfera grande suficiente para o corpo foram em vão. Depois, ao observar o que parecia ser uma mãe com um casal de crianças, entendi que não se faz um boneco tentando juntar neve até formar uma grande bola, mas sim fazendo uma pelota entre as mãos e rolando-a na própria neve até que fique grande o suficiente. Assim, com a simples observação, aprendi a primeira das muitas lições que eu teria naquele país.

Na minha empolgação, até esqueci o quanto meus pés estavam úmidos e congelados. Voltei para casa algum tempo depois, exausta, suando por baixo dos quilos de roupa, com o nariz, as orelhas e os dedos vermelhos e rijos depois de tanto contato com o frio sem proteção adequada. Sentir o aquecimento da casa foi como entrar debaixo de cobertas.

Eu não imaginava que ficar exposta ao frio por tão pouco tempo poderia ser tão dolorido.

Estava preparando um chá de camomila, para me aquecer também por dentro, quando vi o carro de Anne, que o estacionava na entrada da casa. Eu ainda tinha uma semana antes do início das aulas de inglês, mas, devido à minha falta de prática, queria começar a falar com aqueles que já conhecia. Assim, meus erros mais grotescos poderiam ser corrigidos ainda nos primeiros dias. Anne, porém, que sempre se esforçou para aprender português, tentava falar comigo em minha língua natal. Bela, ainda aprendendo a se comunicar, misturava as duas línguas na mesma frase, e, embora eu falasse com ela em inglês, a resposta sempre vinha na língua portuguesa.

No dia seguinte, pela manhã, Anne e eu caminhamos até o shopping mais próximo, que ficava ainda mais perto que o parque que eu havia visitado, para que eu pudesse investir em boas peças de inverno. Ao longo do caminho, Anne me explicou, num português que soava muito melhor que meu inglês, que embora nos subúrbios as ruas tivessem nomes de lugares, pessoas ou coisas, as ruas da parte central de Washington eram nomeadas com números ou letras, assim como em Manhattan. Ela explicou também que eu me localizaria mais facilmente se sempre me norteasse pelo cruzamento mais próximo.

Assim que chegamos, notei o quanto o shopping era semelhante aos brasileiros, com exceção de ter apenas um andar. Parecia que eu nem havia saído do Brasil! A disposição das lojas, as vitrines, as milhares de peças em exposição nas lojas de departamentos e até o cheiro eram muito parecidos. Para minha sorte, sendo final de estação, tudo estava em promoção.

Entrei na primeira loja de departamentos que vimos e experimentei às botas indicadas por Anne, um dos melhores modelos para enfrentar o frio. Levei algum tempo para descobrir qual era meu número. Escolhi o casaco que me pareceu mais fofo e acolhedor e partimos para contratar uma linha telefônica em meu nome. Apenas algumas horas depois, eu já estava pronta para ser independente numa cidade que mal conhecia: estava protegida do frio e tinha mapas digitais à minha disposição no celular.

No dia seguinte, acordei cedo e fiz o trajeto até a escola onde eu estudaria inglês, para saber quanto tempo o percurso levaria e qual era o melhor meio de transporte, além de já ir me familiarizando com a região. Para chegar à estação de metrô mais próxima, eu precisava caminhar por quinze minutos ou pegar um ônibus na parada mais próxima da casa, que ficava a menos de dez metros. Já que estava bem frio e havia nevado bastante durante a noite, escolhi ir de ônibus.

Eu estava notando que ninguém gostava muito de carros compactos ou com cores vibrantes naquela cidade. As caminhonetes mais pareciam caminhões, e a maioria dos carros era ainda maior que os utilitários que eu costumava ver no Brasil. Eram altos, robustos e imponentes, sempre pretos ou prata.

Entrei no ônibus toda desconcertada, recontando as moedas com as quais eu não tinha me acostumado ainda e que já havia conferido umas três vezes enquanto aguardava na parada. Esperei todos entrarem no ônibus, na esperança de fazer o mesmo que fariam e não parecer totalmente desinformada, mas todos apenas apresentaram um cartãozinho para o motorista. Como eu só tinha dinheiro, estiquei a mão para entregar as moedas ao motorista. Entendendo que tudo aquilo era novo pra mim, ele abriu um sorriso e disse:

— Você é nova aqui?! — perguntou, com uma expressão impassível.

Pronto, eu havia entregado minha inexperiência. O motorista, que tinha no máximo uns quarenta e cinco anos e era muito bem-apessoado, explicou que bastava jogar as moedas na pequena caixa de vidro ao seu lado. Joguei as moedas, e ele acionou algum tipo de mecanismo, levando as moedas para outro recipiente, que meus olhos não podiam alcançar. Fiquei espantada quando ele nem mesmo conferiu o valor.

"Como ele tem certeza de que era a quantia certa?", perguntei-me, já procurando um lugar para sentar. Mas, de repente, me dei conta de que o cara tinha explicado algo em inglês e eu tinha compreendido tudo. "Que se dane a verificação das moedas", pensei. "Meu inglês é melhor do que eu imaginava!"

A cada parada, um painel indicava o cruzamento mais próximo, informação que era repetida por um sistema de som na voz firme e aveludada de uma mulher. Isso facilitou muito meu trabalho de descobrir exatamente onde descer. Notei uma franquia da Paul Bakery ao lado da entrada da estação. Era o mesmo lugar em que tínhamos parado na volta do aeroporto. Além de entender o que as pessoas diziam, eu já estava começando a me sentir familiarizada com o bairro. Eram dois pontos a favor.

A entrada da estação não era mais que um acesso por escada rolante no meio da calçada. Por dentro, todas as estações pareciam iguais, com o mesmo teto arqueado e dividido em retângulos, muito provavelmente para conter o eco ali dentro, mas, na prática, o método não ajudava em nada. Era impossível compreender o que era dito pelos alto-falantes. Parecia mais alguém murmurando palavras em dinamarquês do que dando um importante aviso em inglês. Não fosse pelos painéis que indicavam qual trem se aproximava, eu teria ficado perdida no subsolo diversas vezes.

A venda das passagens era totalmente mecanizada, e vários postos digitais ofereciam diferentes tipos de tickets. Na empolgação de testar meu inglês mais uma vez, optei por esperar numa pequena fila e ser atendida pela jovem que trabalhava no único guichê que oferecia algum contato humano. Na verdade, ela estava ali por questões de segurança, e seu trabalho era observar os transeuntes e dar informações. Fingi que precisava de ajuda para comprar os tickets na máquina e, seguindo as instruções dela, abasteci o cartão que havia comprado, com um valor suficiente para ir e voltar da escola durante um mês. Bem, esse era todo o dinheiro que eu tinha disponível para gastar com transporte naquele mês. Se usasse o cartão mais vezes do que deveria, seria obrigada a voltar a pé para casa.

Tanto a estação como os vagões eram extremamente limpos e muito bem sinalizados. Apesar da quantidade de pessoas que circulava por ali, esperando o trem, não havia confusão. A maioria estava muito concentrada nos seus celulares e tablets. Após testar meu próprio celular e perceber que a internet não funcionava ali, convenci-me de que provavelmente estavam compenetrados em livros.

Três estações depois, já estava na hora de sair do subsolo e procurar a grande galeria onde ficava o curso e onde eu passaria a maior parte do meu tempo nos dois meses seguintes. A região era bem legal, com muitos estabelecimentos comerciais e prédios de escritórios espelhados e vastos, mas nada imponentes quando se tratava de altura. Dei uma olhada no mapa e vi que não estava muito distante do National Mall. Talvez por isso o trânsito fosse tão intenso por ali.

A Casa Branca ficava a dois quarteirões dali; diferentemente do que eu sempre tinha imaginado, a residência do presidente ficava no coração da cidade. Logo depois, vinha o famoso complexo de museus e monumentos de Washington – dentre eles, o imponente obelisco construído em homenagem a George Washington, presidente americano que tinha dado nome à cidade. Por anos, o obelisco foi a estrutura mais alta já construída pelo homem. Feito em mármore e granito e cercado de bandeiras americanas, foi a primeira demonstração imponente de patriotismo entre tantas que eu veria naquela cidade.

Mesmo com o vento gelado, que machucava meu rosto, resolvi me sentar num daqueles bancos e observar o vaivém dos carros e dos turistas. Ali, pela primeira vez, eu me dei conta de que estava mesmo naquele lugar, tão longe de casa, onde enfrentaria uma experiência totalmente nova.

Num instante, passaram pela minha cabeça todos os momentos importantes que eu havia vivido durante aquela tomada de decisão. Os dias trancada dentro de casa. A notícia da morte de Henrique. O minuto em que coloquei Tapioca na bolsa de viagem. O momento em que contei a Helena que estava abrindo mão de todos os meus anos de estudo para tentar ganhar a vida do jeito que conseguisse nos Estados Unidos, mesmo que isso significasse ralar muito para conseguir pagar as contas.

Foi só então que senti o peso da decisão de mudar de país. Só ali parei para pensar que talvez estivesse desperdiçando alguns anos de trabalho na área que eu havia escolhido, anos que poderiam ser fundamentais para minha carreira e minha aposentadoria. Ao menos a curto prazo, aquela decisão significava abrir mão de quase uma década de especialização na profissão que eu adorava.

Percebi que havia deixado para trás tudo que eu mais valorizava. Todos os meus planos e sonhos tinham virado poeira. Tudo que sonhei e planejei quando era adolescente estava sendo abandonado na tentativa de compensar o vazio imenso que eu sentia no meu peito. Aquela era uma viagem de descoberta, isso eu já havia compreendido desde o início, mas foi só naquele momento que percebi que, para descobrir quem eu realmente era, havia deixado para trás tudo que tinha como certo sobre minha individualidade. Eu estava abrindo mão de tudo que eu achava que era para tentar descobrir quem eu poderia vir a ser. E foi assim que minha segurança inabalável se diluiu e desapareceu em poucos segundos.

Sentada ali, sozinha, tive saudades de Henrique. Senti sua ausência como não fazia desde os primeiros dias após sua partida. Lamentei ser sozinha e ter tomado aquelas decisões sem consultar ninguém. Entre suspiros e lamúrias, tive pena de mim mesma.

Fantasiei a vida que teria se houvesse seguido meus planos adolescentes. Pensei em estar casada, morando num apartamento que provavelmente só quitaríamos depois que nosso filho mais velho completasse dezoito anos. Pensei em Tapioca se adaptando a outra residência, só que, dessa vez, uma que poderíamos chamar de nossa. Cogitei que talvez Tapioca já tivesse a companhia de um outro animal de estimação. Pensei em quantos prédios eu teria ajudado a construir. De quantos deles eu sentiria orgulho. Imaginei meu nome na porta de um grande escritório. Uma parede cheia de fotos de grandes construções projetadas por mim, inflando meu ego e atestando meu orgulho. Era a vida perfeita que eu gostaria de ter tido. Um grande amor, estabilidade emocional e financeira. Uma rotina. Um futuro promissor e tranquilo. Sem grandes traumas, grandes mudanças, grandes demandas.

Permiti-me ficar triste por um tempo, sem tentar me consolar. E, então, acompanhadas pelo rímel, as lágrimas desceram pelo meu rosto, formando pequenos círculos no chão cinza. O que tinha começado como comemoração pelos feitos dos últimos meses terminava com uma mistura de frustração e insegurança.

Limpei o rosto com o cachecol, tentei cobri-lo ao máximo com o capuz e segui na direção da estação Van Ness, mas, lembrando-me do método Henrique para se livrar de pensamentos excessivos, decidi voltar andando para casa.

Se não se levar em conta a baixa temperatura, Washington é uma ótima cidade para caminhar. As calçadas são largas e as ruas são amplas e, até onde eu havia me locomovido, planas. Não me admirava que tantas pessoas, mesmo no inverno, usassem bicicletas para se deslocar.

Aproveitando que minha cara de choro poderia passar apenas pela cara de alguém que se expôs ao frio, entrei num mercadinho e comprei um chocolate quente para me acompanhar naquela peregrinação. Nos dias seguintes, tudo o que fiz foi trocar a caixa de areia de Tapioca, organizar minhas coisas no armário, ir ao supermercado com Luís, brincar com Bela, preparar o jantar e conhecer alguns amigos de Luís e Anne.

"A vida é assim: esquenta
e esfria, aperta e daí afrouxa,
sossega e depois desinquieta.
O que ela quer da gente
é coragem."

Guimarães Rosa

O despertador tocou às vinte para as oito, mas o que eu via pela janela não me incentivava nem um pouco a sair da cama. Nos poucos dias anteriores, meu corpo já tinha se acostumado a dormir até acordar naturalmente, sem despertador e sem compromissos. Agora, o primeiro dia das aulas de inglês tinha finalmente chegado, e eu precisava me apressar para não chegar atrasada.

Desde o momento de frustração e insegurança no National Mall, eu sentia que todo o meu potencial para ser uma pessoa ranzinza e mal-humorada tinha sido aguçado, e, se pudesse escolher, passaria os dias lendo na cama. Mas eu não tinha escolha: o curso já havia sido pago e era a única coisa que me possibilitaria ser útil naquela sociedade.

Meu plano inicial era aproveitar o curso para conhecer pessoas que pudessem vir a ser meus primeiros amigos na cidade e conseguir informações sobre vagas de trabalho e apartamentos para alugar, já que não queria depender de Luís e Anne por tanto tempo. Apesar de terem me acolhido com carinho e fazerem tudo para que eu me sentisse em casa, eu não queria voltar a depender de outros depois de ter aprendido a viver com minhas próprias pernas. Mesmo com toda a preguiça que estava instalada no meu corpo, levantei-me, vesti uma roupa, comi minha torrada com *cream cheese*, tomei uma xícara de café solúvel, enrolei o cachecol em volta pescoço e corri para o ponto de ônibus.

A escola ficava no primeiro andar de um centro comercial. Era um grande *loft* com algumas salas separadas por divisórias de vidro que iam do chão ao teto. Era possível assistir às aulas mesmo estando fora da sala. Havia outros sete novatos, com idades e etnias diferentes. Apesar de não conseguir definir exatamente quais eram as etnias, pude perceber que a maioria era bem mais jovem que eu, com exceção de um senhor de expressão séria, barba e cabelos levemente grisalhos, que parecia estar em seus cinquenta anos.

Enquanto outros alunos já familiarizados com o lugar chegavam e se dirigiam às salas espalhadas pelo *loft*, nós aguardávamos de pé na pequena recepção, cheios de ansiedade. Assim que todos tomaram seus lugares nas salas de aula e o burburinho de adolescentes se transformou em poucas vozes abafadas pelas divisórias, fomos levados até a cozinha do local, onde começaria nossa excursão. Segundo nosso anfitrião, Ethan, o mais importante naquele lugar era aprender a mexer na máquina de café.

— Vocês vão passar tempo demais neste lugar — explicou ele. — Vai haver dias em que sentirão que não têm mais energia para continuar aprendendo essa língua que, apesar de parecer muito complicada, não é. Quando isso acontecer, ou quando estiverem entediados numa aula sobre tempos verbais, não hesitem: recorram à máquina de café!

Ficou claro que alguns de nós não haviam entendido nada que ele tinha dito. Alguns esboçaram sorrisos e outros olharam ao redor, tentando compreender o aquele jovem esguio tinha dito de tão engraçado. Percebendo que vínhamos de diferentes países e tínhamos níveis variados de compreensão do inglês, Ethan apelou para as mímicas, apontando para a máquina de café.

— Aqui. Café. Vocês. Podem. Beber. Deste. Jeito.

Enquanto gesticulava, olhou com calma para cada um de nós, confirmando que conseguíamos compreender aquilo que, para ele, era fundamental para a sobrevivência no curso. Então, levou-nos pelos corredores, indicando as salas e os cursos e acenando para cada um dos professores enquanto nos dizia seus nomes.

Era como um passeio guiado pelo zoológico, só que, em vez de animais, observávamos alunos sedentos por compreenderem e serem compreendidos numa segunda língua. Quando a excursão chegou ao fim, fomos levados a uma sala de reunião, também cercada por divisórias de vidro. Havia apenas uma grande mesa no centro, um quadro branco e um retroprojetor. Diante de nove das dez cadeiras que cercavam a mesa havia papéis virados para baixo. Era o teste de nível.

Todos nós nos sentamos e respondemos às questões sob os olhares atentos de Ethan, que aparentemente lidava com alguma papelada administrativa do curso. Assim que entregávamos o teste, éramos direcionados, um de cada vez, para uma sala ao lado, onde uma mulher chamada Charlie, usando óculos de armação grossa vermelha e com um estilo meio hippie, conversou conosco. Ela era professora naquele instituto havia onze anos, mas tinha paixão por lecionar desde os seus dezessete anos. A conversa com ela definiria em qual classe seríamos colocados.

Enquanto eu respondia perguntas simples, como qual era minha idade, havia quanto tempo estava na cidade e o que fazia no Brasil, ela preenchia uma ficha comprida, que mais parecia um manual sobre como conhecer uma pessoa. Quanto mais eu falava, dando menos tempo a ela para fazer perguntas, mais rápido as páginas eram deixadas para trás.

Em certo momento, as perguntas deixaram de ser pessoais e passaram para temas como cultura, saúde e política, e comecei a não compreender algumas palavras, dando respostas de acordo com o que eu conseguia entender. Quando comecei a não entender a maioria das palavras, Charlie deixou de virar as páginas e me direcionou de volta à recepção, explicando que estava na hora do nosso intervalo para o almoço.

— Você pode utilizar nossa cozinha, caso tenha trazido sua refeição, ou pode procurar algo para comer aqui no prédio. Temos todos os tipos de fast food na praça de alimentação. — Assim, apontando o caminho através da porta, ela agradeceu e disse que me veria logo após o almoço.

Deixei a jaqueta, a mochila e o cachecol na escola e fui a um mercadinho que ficava em frente à entrada do prédio. Assim que cheguei na rua, me lembrei do frio. Nos primeiros dias, o clima diferente tinha parecido muito legal, mas aquela coisa de se montar toda antes de colocar o pé na rua e ter de se desmontar toda vez que entrava em algum estabelecimento já estava se tornando um tanto irritante.

Tendo morado num país tropical durante toda a minha vida, eu estava acostumada a sair sem me preocupar com frio; nos finais de semana, eu já escolhia a roupa que usaria de maneira que, se precisasse ir ao mercado ou à lotérica, bastava pegar a bolsa e a chave. Em Washington, essa praticidade era impossível durante o inverno. Se optasse por uma quantidade fixa de roupas, você corria o risco de sentir um frio congelante na rua e o calor de uma sauna em lugares fechados.

No mercadinho, comprei um sanduíche natural e uma latinha de refrigerante Mountain Dew e voltei para fazer minha refeição na cozinha da escola. Eu já conhecia a fama dessa bebida de laranja e limão, tão comum nos Estados Unidos quanto o Guaraná é no Brasil. Só que, diferentemente do Guaraná, aquela bebida tinha gosto de morte. Cada gole que eu dava era seguido por uma careta, mas, como eu não tinha nenhum emprego em vista e estava contando cada centavo, além de que só me convenço de que algo é realmente ruim depois de provar o suficiente, continuei ingerindo o refrigerante ralo, de sabor indefinível, até o final.

Tive certeza de que minhas caretas eram exageradas quando notei que estava sendo observada por uma jovem sentada na mesa em frente. Ela comia algo semelhante a um caldo ou algum tipo de sopa. Numa troca de olhares, ela esboçou um sorriso de deboche.

— Eu também já passei por isso. Você é brasileira?

Imediatamente, achei que meu sotaque tinha entregado minha nacionalidade, mas então recordei que era a primeira vez que eu a via. Não tinha como ser o sotaque.

— Sou, sim, como você descobriu?

— Acho que quando saímos do nosso país fica mais fácil notar quem divide a mesma cultura que nós. Já ouvi dizer que é o jeito de se vestir que torna os brasileiros diferentes, e aparentemente a gente também tem um corte de cabelo típico, mas eu gosto de acreditar que temos uma aura que nos diferencia — respondeu ela, já falando em português.

Clara já vivia nos Estados Unidos havia cinco meses, quando chegara para estudar inglês por um semestre antes de decidir qual curso universitário cursaria. Morava com uma família de chineses num bairro relativamente afastado e também achava que Mountain Dew tinha gosto de desgosto.

— Essa deve ser outra coisa que torna possível identificar brasileiros nos Estados Unidos. Acho que fazemos uma ligação imediata com o Guaraná por causa da embalagem verde e compramos na esperança de ter um gostinho de casa no meio de tanta novidade. E, acredite, tem gente que gosta! E aí, já sabe em qual turma você entrará? — perguntou.

Esse foi meu primeiro contato com aquela que faria parte da minha jornada no exterior.

Eu não apenas não sabia a minha turma como já estava na hora de procurar essa informação. Depois de alguns minutos de espera na recepção, Ethan chegou, com um papel na mão, direcionando-nos para as classes.

Sala quatro.

Nível intermediário.

Sucesso!

A turma era composta por apenas cinco alunos, além de mim, e tinha Charlie como professora. Não havia outro brasileiro. Eu não poderia ficar de "embromation", como tinha feito inúmeras vezes nas aulas no Brasil. Sentamos-nos em círculo, pois Charlie acreditava que podermos nos olhar durante a aula prendia mais nossa atenção.

A pedido dela, um dos alunos me explicou o funcionamento do curso. Estudaríamos os livros quatro e cinco do nível intermediário e depois migraríamos para o nível avançado. Cada livro tomava cerca de um mês de aula. No final dos dois meses, faríamos um teste escrito, que, somado à nota da avaliação oral, garantiria, ou não, a mudança de nível. Se eu acreditasse que deveria estar num nível mais elevado, ou menos, bastava informar a algum professor, e assim eu seria dirigida para outra classe.

Então, a professora pediu que ele parasse e que outro aluno desse continuidade à explicação. Com isso, fiquei sabendo que a escola organizava passeios pelos pontos turísticos da cidade, incluindo feiras e jogos de baseball e futebol americano, e dava algumas aulas externas, em mercados, em grandes lojas e até dentro do metrô, como lembrou uma das alunas, que tinha o cabelo tão loiro e a pele tão clara que parecia ter saído de um conto de fadas. Depois, eu descobriria que ela tinha vindo da Lituânia com a mãe, diretora de uma multinacional que abrira um escritório em Washington. A mudança havia sido perfeita para a sua irmã mais nova, que participava de competições de patinação no gelo, mas ela mesma estava tendo dificuldades para gostar da nova vida, já que todas as amigas e o namorado tinham sido deixados para trás.

Após checar uma planilha, Charlie me informou que, durante as manhãs, eu participaria da turma de conversação coordenada por Ethan. Essa informação deixou a classe em polvorosa.

— Ah, você vai amar Ethan! — disse um dos alunos.

Charlie, que já trabalhava ali havia bastante tempo e certamente já ouvira outros alunos falarem bem de seus colegas de trabalho, foi rápida em elucidar que Ethan era conhecido como o professor mais falante da escola, um verdadeiro incentivador de debates. Ele era divertido e solícito, e isso fazia dele o professor mais adorado da instituição.

— E ele adora apresentar os melhores pubs da cidade para os alunos — esclareceu a Bela Adormecida da Lituânia.

Agora, sim, estava explicado por que os alunos gostavam tanto dele!

Minha primeira aula girou em torno de explicações e informações, e respondi praticamente as mesmas perguntas que Charlie havia feito durante a manhã. Também matei minha curiosidade sobre cada um dos alunos: uma lituana, um indiano, uma árabe, um francês e uma alemã. Todos pareciam ter entre vinte e trinta anos e tinham um ótimo senso de humor e bastante carisma.

Às cinco horas em ponto, fomos dispensados. Apesar de já ter anoitecido e o céu estar completamente nublado, resolvi tentar voltar para casa de ônibus. Não sei por que eu continuava achando que só deveria me aventurar a pé pela cidade enquanto ainda houvesse luz solar, afinal de contas, eu era guiada pelo GPS e estava numa das cidades mais seguras do mundo.

A parada do ônibus ficava a uma quadra da escola, na direção oposta ao monumento a George Washington, que eu já chamava de Monumento ao Remorso – para mim, não importava o quanto aquele presidente havia sido competente ao elaborar a constituição do país, pois aquele lugar só simbolizava meu remorso.

Trinta e seis minutos depois, desci numa parada ainda mais próxima da casa de Luís, que ficava na Davenport Street, número 3222. Assim, descobri que, além de me deliciar com a paisagem e ver o movimento da cidade, o ônibus me deixava mais perto, apesar de tomar um tempinho a mais.

Não nevou nas semanas seguintes, e o gelo acumulado nas calçadas terminou de derreter. Aos poucos, comecei a perceber a cidade por trás da névoa branca. Alguns esquilos já davam as caras nos parques. No curso, Ethan pediu para ficarmos atentos aos guaxinins, que eles chamam de *raccoons*, pequenos mamíferos que enchiam a cidade como uma praga e usavam as latas de lixo como restaurante. Com frequência, eles atacavam pessoas que se aproximavam para jogar algo nas latas de lixo, simplesmente por se assustarem ou achar que tentavam atrapalhar sua refeição.

Ethan também mostrou fotos de pessoas que foram atacadas por *raccoons*, e juro que jamais imaginaria que aquela mistura de gato e raposa poderia deixar cicatrizes tão grandes. A dica era fazer bastante barulho ao se aproximar da lata de lixo, pois assim eles notariam sua presença e fugiriam. Depois dessa explicação, eu nunca mais joguei lixo fora normalmente, e parecia que eu estava ensaiando para uma peça teatral dramática toda vez que me aproximava de uma lata de lixo. Por sorte, ou talvez por azar, porque, no fundo, eu sempre quis ver um desses bichinhos de perto, nunca cruzei com um deles nem notei qualquer sinal de movimento na nossa lixeira.

Eu tinha comprado apenas dois meses de aulas de inglês, o que me dava tempo suficiente para terminar o nível intermediário e, com sorte, arrumar um emprego que me permitisse continuar pagando as aulas. O que eu não sabia era como arranjaria tempo para trabalhar e estudar. E menos ainda como alguém me contrataria para uma vaga de emprego.

As aulas, pelo menos, corriam bem. A turma de conversação, liderada por Ethan, era composta por alunos de diferentes níveis. Passávamos a manhã conversando sobre assuntos variados, mas o tema preferido, que parecia ser uma unanimidade ali, era a diferença entre culturas, um contraste que se tornava mais evidente a cada dia. Era notável que a única coisa que tivéssemos em comum fosse o fato de estudarmos juntos. As culturas eram muito distintas, e tudo o que pensávamos saber um sobre o outro era baseado em estereótipos.

Perdi a conta de quantas vezes tive de responder que os brasileiros não andavam em trajes de banhos pelas ruas e que macacos não corriam pelos fios da rede elétrica, ainda que fosse comum, em cidades litorâneas, ver pessoas andando de biquíni e sunga pelas ruas e que alguns micos fizessem parte do dia a dia de certas cidades, onde ninguém via nada de estranho na presença dos animaizinhos. Na casa da minha mãe, por exemplo, era comum ver micos aproveitando a sombra e os frutos do pé de manga plantado no jardim.

— São como os *raccoons* nos países da América do Norte — expliquei a eles. — Em algumas regiões brasileiras, os micos são parte da cidade. A única diferença é que não costumam atacar.

Além das diferenças culturais, também falávamos sobre programas de televisão, sustentabilidade, escolhas profissionais, viagens e gostos musicais. Em alguns dias, eu nem me sentia como se estivesse estudando. Para mim, era como sair de casa para encontrar amigos numa cafeteria e bater papo sobre um tema específico.

Ethan se comportava como um dos alunos, conversava sobre todos os assuntos, dividia suas opiniões e confirmava o que havia de verdadeiro nos estereótipos que tínhamos sobre os Estados Unidos. Mas, sempre que era necessário, fazia interrupções certeiras com correções didáticas ou sugestões de sinônimos mais rebuscados. Repetíamos a palavra ou a sentença corrigida e seguíamos o papo sem o menor constrangimento.

Já Charlie tinha um método mais tradicional de lecionar, seguindo os livros e passando tarefas para casa, ainda que muitas vezes não fossem mais do que escutar um áudio ou assistir a um vídeo. Solicitava que escrevêssemos pequenos parágrafos explicativos sobre cada atividade, pedia redações sobre algum assunto em alta nos jornais, forçando-nos a lê-los, e nos fazia perguntas sobre assuntos já tratados em sala de aula.

Ela era rígida, mas extremamente querida. Seu método pragmático fazia dela uma ótima professora. Ela tinha um jeito doce de ser durona e não deixava brechas para que perdêssemos o foco no estudo, mas fazia isso com cuidado e franqueza. Suspeito que cumpríamos todas as tarefas mais para não a decepcionar do que por sermos alunos dedicados.

Quase todos os dias, eu almoçava com Ugne, a Bela Adormecida lituana, e com Clara. Elas haviam estudado juntas durante algumas semanas, até Clara pedir para descer um nível, pois não se sentia adequada à turma. Depois, ela confessou que fez isso para atrasar a evolução do curso, pois pretendia pedir ao pai para continuar no exterior por mais seis meses.

Como em todas as instituições de ensino que eu já tinha frequentado, os alunos acabavam formando grupos de acordo com aquilo que tinham em comum. No ensino médio, isso, em geral, se resumia a estilo, gosto musical ou classe social. Na universidade, eram os lugares que as pessoas frequentavam. No curso de inglês, era a região de origem. Alunos de países de língua espanhola estavam sempre juntos. Pessoas de origem árabe, mesmo que não compartilhassem a mesma língua materna, também se agrupavam. Todos os grupos aproveitavam os intervalos, quando não havia funcionários nem professores para chamar a atenção, para descansarem a mente do aprendizado e falar em seu próprio idioma.

Clara não tinha se juntado a nenhum grupo, mas se dava bem com todos. Ugne, porém, não mantinha contato com muita gente e só se juntara a nós porque Clara a convidara, assim como tinha feito comigo dez minutos antes.

Nas quintas-feiras, acontecia o *happy hour* do curso, uma tradição que estava presente até no calendário de atividades semanal do instituto. Como já era de se esperar, Ethan coordenava o evento. Clara me disse que ia a todos os *happy hours*. Aparentemente, ela gostava de gastar todo o seu tempo disponível na escola, em companhia dos colegas de curso ou nas atividades designadas pelo instituto. Também fora a praticamente todos os passeios turísticos e a *happy hours* para os quais Ethan convidava apenas pessoas próximas que não tinham nenhuma ligação formal com o instituto. Além disso, diversas vezes a vi acompanhar alunos até a estação de metrô ou a parada de ônibus que os deixariam mais próximos de suas residências.

Eu a observava e admirava a energia e o tempo que ela dedicava a ser simpática e solícita com os companheiros de estudo. Achava incrível como ela conseguia se enturmar tão facilmente e se dispor a fazer o papel de anfitriã nos passeios com novos alunos. Eu achava que ela tinha boas intenções e fazia isso para que os novos alunos pudessem se sentir à vontade na companhia de alguém que esteve na mesma situação que eles, mas ela confessou que a verdade era que não suportava ficar na casa da família que a recebera.

— Imagina! — exclamou ela quando elogiei toda a sua boa vontade. — Faço isso por puro e simples interesse! Só aceito todos os convites porque assim preciso socializar menos com minha nova família. Se meu pai permitir que eu fique mais tempo, com certeza vou me mudar para um *hostel*.

Diferentemente de Clara, eu não fiz nenhum dos passeios sugeridos pela escola, já que, com exceção daqueles propostos pelos professores durante o horário das aulas, nenhum estava incluso na mensalidade. Mesmo sabendo que ainda tinha algum dinheiro guardado, fruto da economia que fazia voltando para casa a pé, eu me sentia aterrorizada só de pensar que só tinha o suficiente para me sustentar até o fim do curso.

Por esse motivo, não participei dos *happy hours* das cinco primeiras semanas, nas quais meus dias se resumiram a ir à aula durante o dia, assistir a séries durante a noite, buscar Bela no maternal algumas vezes, brincar com Tapioca e, nos finais de semana, lavar minhas roupas e ajudar na arrumação da casa.

Diversas vezes, Anne e Luís se ofereceram para me levar aos pontos turísticos da cidade, dar uma volta no parque ou ir à casa de algum amigo ou parente de Anne, mas eu sempre recusava, achando que já estava atrapalhando demais ocupando o quarto de hóspedes e privando-os de toda a liberdade que deveriam ter em casa.

Então, numa quinta-feira à tarde, voltando para casa depois do curso, percebi que as aulas logo terminariam e que eu não tinha chegado nem perto de atingir meu objetivo de conhecer novas pessoas e fazer amizades permanentes naquela cidade, já que, com exceção de Clara e Ugne, todos os outros alunos tinham data para voltar ao país natal.

Naquele instante, decidi redirecionar o GPS para o pub onde acontecia o *happy hour* semanal. Entrei no metrô e, em poucos minutos, estava em frente a uma grande construção de madeira, que parecia ocupar quase todo o quarteirão. Uma pequena placa me informou que eu estava no lugar certo.

Na verdade, o Madison Pub parecia mais a casa de uma família muito rica do que um bar. Ficava em uma rua estreita, paralela a uma das avenidas centrais, e tinha três andares, cada um com grandes varandas repletas de mesas e bancos de madeira. Do lado de fora, o lugar parecia quieto e desabitado. Não havia quase nenhum carro no estacionamento e não se ouvia os ruídos típicos de um grande bar.

Fiquei meio ressabiada, achando que estava no lugar errado. Olhei repetidas vezes para o calendário do curso, em que estava escrito o nome do local de encontro, e para a placa que indicava que o tal Madison Pub era mesmo ali, com medo de passar pelo vexame de bater na porta da casa de alguém achando que era um bar. Minutos depois, ainda não totalmente convencida, resolvi bater na porta e entrar.

O que encontrei ali dentro me deixou perplexa. "Como um lugar podia ter um sistema antirruídos tão perfeito?", perguntei-me em voz alta.

Mal fechei a porta, um jovem, sorridente, de barba ruiva me cumprimentou, sugeriu que eu guardasse meu casaco numa salinha ao lado e perguntou se eu gostaria de mesa para uma pessoa.

O lugar era enorme. Logo atrás do simpático atendente, vi uma escada que levava ao segundo andar. A salinha onde ele sugeriu que eu guardasse meu casaco, à esquerda, era praticamente do tamanho da minha quitinete em São Paulo. Do seu lado direito havia um amplo ambiente com mesas de sinuca e pebolim e uma daquelas *jukebox*, que tocava Foo Fighters no que eu imaginava ser o último volume.

— Acredito que meus amigos já estão aqui — respondi a ele. — Só preciso encontrá-los.

— Estudante de inglês?

Era incrível como meu sotaque sempre me denunciava.

— Sim. Meu sotaque me entregou, né?!

— Não. É que Ethan vem aqui há tanto tempo que já imaginamos que quem chega procurando um grupo está com ele.

Ah, então era Ethan, e não meu sotaque!

— Vem — disse ele. — Vou levar você até lá.

Segui o ruivo pelas escadas. Quanto mais íamos adentrando a casa, mais perceptível ficava o cheiro de malte e mais estonteante aquele lugar parecia. Passamos por diversos ambientes, todos com decoração, móveis e músicas diferentes. No segundo andar, havia um grande balcão com banquetas altas, de onde alguns clientes assistiam a um programa de esportes em que os apresentadores analisavam os passes de um jogo de basquete e conversavam entre si e com o *barman* despreocupadamente. Logo à frente, no mesmo piso, havia um ambiente menor, com pequenas mesas de mogno e paredes em tom marsala, onde três mulheres bebiam grandes copos de cerveja e dividiam uma porção de *nachos*.

Subimos mais um andar, e, perto de uma das sacadas, jogados em alguns sofás posicionados em semicírculo em frente a uma lareira que parecia falsa, estavam Ethan, Clara e alguns outros alunos do curso, que eu só conhecia de vista.

— Achei essa garota perdida lá embaixo e resolvi trazê-la até vocês — anunciou o atendente ruivo.

Estava entendido por que Ethan tinha escolhido aquele lugar como ponto oficial dos *happy hours*: os atendentes tinham o mesmo senso de humor que ele.

Sentei-me no braço de uma poltrona, ao lado de Clara, e pedi a cerveja mais vendida do bar, imaginando que me trariam uma cerveja típica da cidade, mas o que recebi foi uma garrafa de Corona com uma fatia de limão no gargalo.

— Mas Corona é uma cerveja mexicana — reclamei com o garçom que trouxe a bebida.

— Você ficaria surpresa com a quantidade de latinos que vêm aqui. — Foi o que ele me respondeu, não sendo nada simpático se comparado ao ruivo que me recepcionara.

O ambiente era relativamente vazio, e não apenas pela falta de pessoas. Com exceção do lugar onde estávamos e algumas banquetas em frente a um balcão, só se via janelas e quadros. Numa pequena parte do piso, uns trinta centímetros mais alta que o nível normal, estavam instalados um microfone e dois amplificadores de som.

— Por favor, me diga que isso aqui não é um karaokê — cochichei para Clara em português.

— Não! Jamais! E, mesmo que fosse, não iríamos compactuar com esse tipo de entretenimento.

Agradeci ao universo em pensamento, virando os olhos para cima. Então, Ethan, parecendo ter entendido meus sussurros em português com Clara, explicou que aconteciam shows ali.

— Você toca algum instrumento? — perguntou ele, como se realmente achasse que eu podia ter alguma destreza para isso. — Se tocar, pode mandar um vídeo para Jerry, o ruivo que trouxe você até aqui, e, se o pessoal gostar, você pode se apresentar nos finais de semana.

Então, no final das contas, era, sim, um karaokê, só que exigia dotes instrumentais e a aprovação prévia dos funcionários. Um dos alunos nos contou que havia enviado um vídeo e aguardava uma resposta já havia duas semanas. Ninguém disse nada, mas pude notar, pelo olhar de todos ali, que tinham vontade de dizer pra ele deixar isso pra lá porque não daria em nada. Em vez disso, mudamos de assunto.

No geral, o *happy hour* era como estar em aula, mas com uma cerveja na mão e num lugar bem mais legal. Falávamos sobre os mesmo assuntos, só que, com um pouco de álcool no organismo, nosso vocabulário era muito melhor. Ou talvez tenha sido o álcool no meu organismo que me fez pensar assim. Até Hannah, uma chinesa cujo nome de batismo nenhum de nós conseguia pronunciar e que tinha escolhido um nome ocidental para si mesma, normalmente acanhada, cabisbaixa e quieta, parecendo não querer ser notada, parecia mais à vontade no pub, fazendo comentários sem precisar ser chamada a participar.

O clima era muito agradável. Aos poucos, mais pessoas foram chegando e preenchendo o salão. Em pouco tempo, estávamos de pé, muito próximos uns dos outros, ouvindo uma música alta e reconhecível e sendo incomodados com alguma frequência por quem precisava passar por nós para ir até a sacada fumar um cigarro.

Alguns alunos foram embora, e, quando percebi, eram nove horas da noite, e os únicos rostos que eu conseguia reconhecer ali eram de Clara, Hannah e Ethan. Eu e Hannah estávamos conversando com um grupo de turistas que tínhamos conhecido enquanto pedíamos uma bebida no balcão. Clara e Ethan estavam dançando no meio da multidão, mais próximos do que seria necessário. E, então, eu entendi por que Clara ia a todos os *happy hours*.

No dia seguinte, antes mesmo de dizer "bom dia", ela me implorou para não comentar com ninguém sobre seu relacionamento com Ethan, que já estava rolando havia algum tempo. Geralmente, eles não demonstravam nada, mas, como estávamos só eu e Hannah, acharam que não seria um problema.

É claro que não era um problema. Longe da cerveja, Hannah não conseguia nem olhar nos olhos de alguém, e eu, bom, eu tinha coisas mais importantes com as quais me preocupar e até fiquei contente por aquela cumplicidade nos tornar ainda mais próximas.

Todos os dias, ela me acompanhava até metade do caminho para casa, e, nesse meio-tempo, contava-me como toda a história com Ethan tinha começado, o quanto estava gostando dele e como todas as suas inseguranças, naturais em uma menina de dezenove anos, a preocupavam.

Ela tinha medo de o romance ser descoberto e Ethan ser prejudicado no trabalho. Tinha receio de o pai não permitir que ela continuasse nos Estados Unidos e a fizesse voltar para casa, deixando Ethan em Washington. No fundo, queria poder assumir o relacionamento e chamá-lo de namorado. Estava na cara que Ethan era o verdadeiro motivo pelo qual ela preferia passar mais tempo na escola que com a família que a recebera.

Quanto a mim, não posso negar que, apesar de adorar saber os detalhes do relacionamento escondido e estar feliz por perceber o quanto se gostavam, sentia uma pontinha de inveja ao ouvir os relatos apaixonados de Clara. Era algo que eu simplesmente não conseguia evitar.

No início, meu desejo de ter a mesma coisa com alguém era tão evidente, ao menos para mim, que me fazia sentir culpa. Assim, eu me dividia entre ser uma boa amiga, interessada em saber tudo que ela queria me contar, e me sentir mal por ter inveja da sua felicidade.

Por sorte, num desses dias, Helena me chamou para conversar pelo Skype, e, depois de horas de atualização sobre todas as novidades no trabalho, na sua vida e com nossos amigos em comum, reuni coragem para compartilhar com ela o quanto me sentia mesquinha desejando a atenção, o interesse e o cuidado que minha nova amiga recebia de Ethan.

— Você já parou pra pensar que talvez não tenha o mesmo porque não está se permitindo? — perguntou ela.

Esperando ser confortada pela amiga, fui pega de surpresa por essa pergunta, que só me deixou pior ainda.

— Qual foi a última vez que demonstrou interesse por algum cara? — insistiu ela.

Agora, além da culpa por minha mesquinharia, me senti culpada por ser responsável por aquela situação. No fundo, eu sabia que não estava me permitindo conhecer alguém, mas como diabos eu me permitiria depois de ter entendido que meu último relacionamento já estava fadado ao fracasso antes mesmo da tragédia envolvendo Henrique? Como eu poderia acreditar no meu potencial como namorada se não tinha sido capaz de enxergar que o relacionamento que tive causou danos terríveis não só à minha sanidade como à do meu parceiro?

Assumir que o namoro tinha sido um fracasso mesmo que nenhum de nós tivesse agido desonestamente ou traído a confiança do outro doía mais do que pensar que o relacionamento terminara com a morte de Henrique. Na verdade, tínhamos permitido que frustrações em outras áreas de nossas vidas influenciassem e deteriorassem nossa relação. É egoísta, eu sei, mas pensar que pelo menos não havia sido eu quem trouxe o sofrimento do fim, num relacionamento que terminaria de qualquer maneira, me trazia algum alívio.

Eu gostaria de ter dito tudo isso a Helena naquela conversa, mas meu susto com suas perguntas foi tamanho que sequer consegui raciocinar, e tudo que fiz foi reclamar da falta de compreensão dela.

— Você sabe como sou — disse ela, explicando-se. — Se eu achasse que você estivesse precisando de apoio, não estaria negando ajuda. Só estou perguntando essas coisas porque acho que, mais do que apoio, você precisa mesmo é cair na real.

Era a sinceridade de que tanto nos orgulhávamos.

Helena tinha razão: eu precisava cair na real.

Henrique não tinha morrido por minha causa. Isso era óbvio.

Nosso relacionamento não teria futuro de qualquer maneira. Ele não estava mais entre nós, e, mesmo que estivesse, não seria como se eu pudesse simplesmente recomeçar tudo com ele. Passar a maior parte do tempo sentindo culpa e pena de mim mesma não me ajudaria a começar um novo relacionamento com ninguém.

"À medida que me acostumava
com minhas esperanças,
eu começara a perceber,
pouco a pouco, o efeito delas
sobre mim e os que
me cercavam."

Charles Dickens

O curso de Clara terminaria dali a duas semanas, e, a duras penas, ela tentava convencer o pai a permitir que ela ficasse nos Estados Unidos por mais seis meses, fazendo mais um módulo do curso de inglês. Segundo ela, o problema nem era seu pai, e sim sua madrasta, que, por mais que não tivesse nada a ver com a decisão, insistia em forçar o marido a ser mais rígido com a filha e não ceder a seus caprichos.

— Ela é uma bela de uma vaca! — desabafou depois de uma ligação para o pai.

Clara tinha pedido e implorado, mas nada adiantou. Se quisesse mesmo continuar no exterior, teria de se virar sozinha. O pai havia dito que não a impediria de ficar, mas também não a manteria lá mais do que um mês além do planejado. Foi o jeito que encontrou de equilibrar as demandas da filha e da esposa.

Acho que ele acreditava que isso faria com que a filha voltasse para casa, mas estava enganado. Clara topou na mesma hora e só pediu que ele adiantasse o dinheiro do mês seguinte para que ela pudesse providenciar uma vaga num albergue, pois a estadia na casa da família que a recebera também terminaria.

No mesmo dia, ela fez algumas perguntas no curso, descobriu quais eram os trâmites para pedir um visto de trabalho e adiantou a papelada. Uma semana depois, já estava na embaixada, recebendo um visto de trabalho para os próximos seis meses. Com ele, poderia trabalhar seis horas por dia, desde que continuasse estudando inglês.

Com o dinheiro que o pai mandou, reservou uma cama num quarto misto de um albergue que ficava bem perto da escola. No mesmo dia, transferiu seu curso apenas para o período matutino, e, com a ajuda de Ethan, passou um final de semana inteiro visitando pequenos mercadinhos e franquias de restaurantes fast food em busca de um emprego. Além disso, distribuiu anúncios oferecendo seus serviços como *babysitter* e usou seus contatos em todos os grupos de alunos para mobilizá-los, pedindo que informassem seus familiares, conhecidos e amigos.

— Agora é só esperar — disse ela, colocando na mesa dois copos de café, cada um com dois cubos de açúcar, e largando-se numa cadeira à minha frente no Dunkin' Donuts do shopping mais próximo da casa de Luís.

Depois de me contar toda a sua peregrinação para ficar nos Estados Unidos, ela me fez um convite que, embora ainda não soubéssemos, definiria não só os meus próximos meses naquela cidade como os dela também.

Ethan faria aniversário nos próximos dias, e naquele mês era comemorado o dia de homenagem a São Patrício. Um dos poucos santos que são homenageados de maneira efusiva no continente americano. Todos os pubs da cidade se enfeitavam de verde e aos finais de semana faziam comemorações calorosas relacionadas à data.

Como Clara ainda não tinha sido apresentada aos amigos e parentes de Ethan, pensou em convidar só os alunos mais próximos para comemorar num famoso pub irlandês. Ela queria que eu fosse, e, bom, esse era o tipo de convite que eu não poderia negar se quisesse mesmo tentar me abrir novamente.

No dia do aniversário, Clara passou na casa de Luís para que fôssemos juntas para o pub e aproveitou para conhecer Tapioca, Luís, Anne e Bela, de quem eu já havia falado tanto. Quando saímos, notei que ela não havia oferecido seus serviços de *babysitter*, como vinha fazendo a toda e qualquer pessoa que encontrávamos na rua. Então, ela me contou, orgulhosa, que, ao menos por enquanto, não precisava procurar com tanta ansiedade. Charlie, a professora do curso que me dera aula no primeiro mês, havia solicitado seus serviços, pedindo que tomasse conta dos seus dois filhos duas vezes por semana, para que ela e o marido pudessem dar início a aulas de dança de salão.

— Se eu conseguir mais dois dias de trabalho como *babysitter*, terei o suficiente pra me alimentar e pagar o *hostel*. Já dá pra sobreviver!

Fiquei feliz em vê-la tão animada. As coisas estavam dando certo, e nada estaria acontecendo se ela não tivesse se esforçado e corrido atrás sozinha. Sua determinação era admirável.

Quando chegamos, a fila em frente ao pub já dava voltas na rua. Assim que notei a grande quantidade de gente esperando ali, senti vontade de voltar para casa e não consegui disfarçar meu desgosto.

— Relaxa! Estamos na lista do aniversariante e não vamos ficar na fila. — Clara já tinha tudo resolvido.

Encontramos Ethan e os outros alunos, que nos esperavam bem perto da porta. Entramos imediatamente, e o lugar estava lotado. Todas as mesas e cadeiras tinham sido retiradas e havia adereços verdes por todos os lados e música irlandesa em alto e bom som. Copos com um líquido verde, que depois descobri ser cerveja com corante, eram levantados toda vez que uma nova música começava. Aparentemente, ter cerveja derramada em você fazia parte da festa. Todo mundo levou banhos de cerveja e não vi ninguém reclamar.

A cada *pint* de cerveja comprada, recebíamos um adorno: tiaras, colares com trevos, cartolas, purpurina verde, pulseiras, gravata com estampa da bandeira irlandesa, enfim, qualquer coisa verde que pudesse deixar-nos ainda mais no clima da comemoração.

Era um bom método para nos fazer beber mais e mais. Juntando os brindes à cerveja, estava claro que ao menos eu sairia dali bem mais pobre e mais alegre do que havia chegado. Que lugar sensacional! Fazia tanto tempo que eu não ia a uma balada que havia esquecido quão divertido podia ser.

Clara e Ethan curtiam como se fossem namorados. Considerando o quanto todos nós já tínhamos bebido, acho que ninguém notou que eles passaram a maior parte do tempo do outro lado do salão, e vez ou outra eles apareciam separadamente para marcar presença.

Depois de dançar e me divertir muito, comecei a me dar conta do quanto meu sedentarismo tinha sido prejudicial. Talvez fosse apenas o peso da idade, já que eu estava perto dos meus trinta anos enquanto os outros alunos, com seus vinte e poucos, estavam no auge da energia.

Decidi me acomodar perto do balcão, onde eu podia apoiar minha cerveja e meu corpo e curtir o resto da noite de maneira menos efusiva. Dali, dançando enquanto mantinha minhas costas escoradas no balcão, observei a multidão curtindo o dia de um santo padroeiro como se não fosse haver ressaca no dia seguinte, ouvindo e cantando U2. Nesse ponto, já tínhamos passado de músicas irlandesas para músicas de bandas irlandesas, das quais, fora U2, The Cranberries e The Coors, eu não tinha conhecimento algum. Pela segunda vez, senti cair a ficha de onde eu estava, mas, dessa vez, a sensação foi maravilhosa.

— Estou nos Estados Unidos, celebrando a data do santo padroeiro da Irlanda. Ninguém faz a mínima ideia das coisas pelas quais tive que passar até chegar aqui... Que incrível! — Mais uma vez, eu estava falando sozinha e em voz alta sem perceber.

— Você quer mais uma?

— Oi?

— Você quer mais uma? Foi isso que você disse? — Era o *bartender*, achando que minha epifania tinha sido, na verdade, só um pedido de outra cerveja.

— Ah, sim! Por favor! — respondi.

Ele pegou meu copo e afastou-se para buscar mais uma *pint* enquanto eu ria da minha mania de falar sozinha. Quando me entregou o copo e uma tiara, sugeriu um brinde com seu copo pela metade.

— Então vocês podem beber enquanto trabalham? — comentei, tentando puxar papo enquanto colocava a tiara que tinha desejado desde a compra da primeira cerveja.

— Ah, isso?! — disse ele, apontando para o copo. — É só um copo que acabei de recolher. Não estou bebendo, não. Ficou ótima em você! — completou, erguendo a cabeça e apontando com o queixo para a tiara.

— Ah, sim, obrigada.

Só então, naquele silêncio no meio da conversa, parei para observar suas feições. Ele era alto, talvez um metro e noventa, e tinha o cabelo muito bem cortado, com um topete que combinava com o formato do seu rosto. Tinha olhos claros, mel, um pouco acinzentados, se é que esse tom existe. A barba por fazer dava contorno ao queixo protuberante. Não parecia passar horas na academia, mas tinha ombros largos e, observando o que parecia estar por trás da camiseta branca, da calça preta e dos suspensórios verde-bandeira, dava para ver que estava com tudo em cima.

Tinha jeito e porte de homem mais velho. Sisudo. Centrado. Se eu não o tivesse conhecido como *bartender*, servindo cerveja, poderia jurar que ele era um professor universitário ou um empresário bem-sucedido. E um dos meus palpites estava correto.

— É seu primeiro Saint Patrick's Day?

Mais uma vez, percebi que eu devia ter a palavra "turista" escrita na testa. Estava claro que eu precisava me enturmar mais pra finalmente perder o ar de forasteira.

Entre um cliente e outro, ele voltava para perto de mim para que continuássemos nossa conversa. Ele me contou que se chamava Christopher e que era australiano. Tinha aberto aquele pub irlandês em sociedade com um primo.

— Não me pergunte por que fizemos isso — disse ele, brincando. — Eu também acho essa mistura toda muito estranha. Só posso dizer que deve ter algo a ver com nossa paixão por cerveja e com o fato de ficarmos tão bem de suspensórios.

Aproveitando a descontração da conversa, e inspirada pela persistência de Clara e por meu receio de terminar o curso sem ter me colocado no mercado de trabalho, resolvi aproveitar aquela chance.

— Taí uma informação da qual preciso tirar uma vantagem! Você não teria uma vaga de trabalho aqui, teria?

Para a minha tristeza, não havia nenhuma vaga no estabelecimento, mas ele disse que uma amiga tinha aberto um pequeno bar de vinhos não muito longe dali e estava procurando alguém para ajudá-la.

— Me empresta seu celular — pediu ele. — Vou anotar meu número. Me dê um toque amanhã. Vou ver se consigo uma entrevista para você.

Se aquela era uma maneira sutil de me dar seu número eu não sei, mas que eu faria bom uso dele, seja por um motivo ou por outro, ah, eu faria!

— Muito obrigada. Vai me ajudar muito — respondi num tom que sugeria as várias intenções por trás da minha breve frase.

Como se tivéssemos combinado, Clara, Ethan e o resto do pessoal chegaram ao balcão, dizendo que estava na hora de ir embora. O relógio já marcava alguns minutos depois da uma hora da manhã. O pub fecharia dali a pouco, e, se não nos apressássemos, não conseguiríamos pegar o metrô. Quando terminamos nossas *pints*, eu me despedi de Christopher, acenando e murmurando "Te mando uma mensagem", e seguimos em direção ao ponto de ônibus mais próximo.

No dia seguinte, acordei com uma dor de cabeça terrível, mas, mais forte que minha ressaca, era o orgulho que senti de mim mesma. Numa tacada só, eu tinha chegado mais perto do que poderia ser um bom emprego e de um possível peguete. Independentemente do resultado daquilo tudo, eu já me sentia vitoriosa por ao menos tentar.

Enquanto esperava o momento certo para enviar uma mensagem para Christopher, já que eu não queria parecer desesperada nem desinteressada, enviei uma mensagem para Helena: "Você tinha razão e preciso agradecer pelas perguntas sinceras e perturbadoras que me fez naquele dia. Tô saindo do casulo novamente. Me chama assim que der e aí te conto tudo".

Ela respondeu logo, e passamos um bom tempo conversando pelo Skype. Achei que ela não iria perceber o que eu estava tramando, mas é claro que ela entendeu tudo ao ver minha cara de ansiedade.

— Pronto — disse ela. — Agora que você já esperou bastante me contando suas aventuras, mande logo uma mensagem pra ele!

Respirei fundo.

Peguei o telefone.

Conferi no Google como se escreve "Christopher".

Descobri que ele mesmo tinha gravado seu número sob o nome "Chris".

E se eu for rejeitada?

Suspirei.

Foda-se.

Nunca vou saber se não enviar a mensagem.

"Oi, Chris, estou mandando essa mensagem para te lembrar que não perdi o interesse."

Nem em você nem no emprego, eu esperava que ele lesse nas entrelinhas, mas, se ele entendesse em apenas um dos sentidos, eu já estaria em vantagem.

"Oi, você! Falei com minha amiga, e ela quer conhecer você. Pode passar lá na segunda à tarde?"

Yes! Ele tinha entendido o recado relacionado ao trabalho, o que já estava ótimo, mas me desapontei um pouquinho por não ter dito nada em relação ao meu outro interesse.

"Você podia aproveitar que estará por perto e passar aqui no pub pra me agradecer pessoalmente e me contar como foi o papo. O que acha? Temos um encontro?"

Senti um frio na barriga, ou, como os americanos dizem, borboletas no estômago, e devo ter parado de respirar por alguns segundos, porque, quando me dei conta, eu estava ofegante, saltando pelo quarto com o celular apertado contra o peito nas minhas mãos suadas.

— Eu me afasto do computador por cinco minutos para ir ao banheiro, e, quando volto, você está comemorando como uma louca! — disse Helena pelo Skype, que tinha sido delicada e me dado um pouco de privacidade. — Nem preciso perguntar por que, mas, pô, eu preciso ouvir você dizer... E aí, como ele entendeu a mensagem?

Ocupei-me ao máximo para que o domingo passasse rápido. Tirei todos os lixos da casa, troquei a areia da caixa de Tapioca, aspirei, lavei, tirei o pó. Convenci Luís e Anne a me deixarem levar Bela ao zoológico para que tivessem uma tarde só para os dois.

A neve já tinha derretido completamente havia mais de um mês. A paisagem ganhara tons esverdeados, e os galhos das árvores se enchiam de pequenas folhas. O frio tinha diminuído drasticamente, e cerejeiras começavam a se destacar nos parques com seu mar de flores cor-de-rosa. A primavera chegava, permitindo que eu usasse minhas roupas de inverno brasileiras sem congelar.

Era domingo de páscoa, e o zoológico do parque Smithsonian estava tomado por crianças que corriam de um lado para outro à procura de ovos escondidos. Era uma pena que Bela e eu tivéssemos chegado tarde demais para participar. Diferentemente da tradição brasileira, os americanos não costumam presentear as pessoas mais próximas com ovos de chocolate. Em vez disso, as crianças e seus pais pintam pequenos ovos de plástico, que depois são escondidos pelos pais e procurados pelas crianças.

Na sexta-feira anterior, Bela tinha voltado da escolinha com um ovo relativamente grande, se comparado ao tamanho dela. O ovo era tão robusto que ela mesma mal conseguia segurá-lo nas mãozinhas delicadas. A julgar pela pintura abstrata em várias cores e pela situação em que o avental usado na aula de artes se encontrava, não havia dúvidas de que ela mesma tinha colocado a mão na massa. Era fofo e engraçado ao mesmo tempo.

Quando voltamos para casa, comentei com Luís e Anne sobre a movimentação no zoológico, e eles me disseram que vários parques da cidade tinham um calendário de atividades. O National Mall tinha um calendário de atividades. O curso de inglês tinha um calendário de atividades. O principal parque da cidade também tinha um calendário de atividades. No verão, havia um calendário de atividades que englobava toda a cidade. No próximo mês, aconteceria o Cherry Blossom Festival, que comemorava as primeiras flores das cerejeiras após o inverno e, ao que parecia, enchia a cidade de turistas. Aquele lugar parecia organizado demais pra ser verdade.

À noite, dei um pulo no supermercado e preparei um canelone com recheio de ricota. Durante o jantar, partilhei com Luís e Anne as boas-novas sobre o possível emprego, dizendo a eles que talvez eu já voltasse para casa empregada. Preferi não falar sobre ter conhecido um cara muito legal num pub, pois não queria que eles pensassem que eu já não sentia falta de Henrique, embora eles mesmos tivessem me incentivado diversas vezes a conhecer novas pessoas. Anne, inclusive, havia insistido que, se eu quisesse, poderia me apresentar alguns amigos seus.

Enquanto eles tentavam me persuadir a seguir em frente, eu me mantinha presa à eterna impressão de que, mesmo um ano após a morte de Henrique, falar sobre outro cara seria falta de consideração com meu antigo namorado, tendo como agravante o fato de ser irmão de Luís. Essa preocupação só existia na minha cabeça, hoje eu sei, mas eu não a conseguia evitar e preferi dizer, sem dar muitos detalhes, que um conhecido tinha me indicado para a vaga.

— Torçam por mim! — supliquei a eles na segunda-feira pela manhã, antes de fechar a porta da casa rumo ao curso.

Mantive a entrevista em segredo. Sei que Ugne e Clara me dariam todo o apoio, mas eu já estava ansiosa e nervosa demais para passar o dia todo falando sobre esse assunto.

Durante o almoço, contamos a Ugne sobre a noite de sexta-feira e protestamos que ela deveria ter ido conosco, deixando de fora o verdadeiro motivo da reunião e dizendo que tínhamos saído apenas para comemorar o Saint Patrick's Day. Ugne não sabia do envolvimento de Clara com Ethan, e nenhuma das duas sabia que eu havia conhecido Christopher.

— Quando vocês fizerem uma reunião na casa de alguém, podem contar com a minha presença, mas essa coisa de lugar fechado, com muito barulho e muita gente reunida, não é para mim. — Aos poucos, percebíamos que Ugne era reservada em todos os sentidos.

— Ih, isso vai demorar! — brincou Clara. — Minha atual casa consiste em uma cama de solteiro num quarto dividido com outras sete pessoas. — Ela não se cansava de tirar sarro da situação em que se encontrava.

Voltamos para as aulas, e, quando deu três e meia, pedi licença a Joshua, professor da turma de nível avançado que eu tinha passado a frequentar, a quem eu já havia explicado a necessidade de sair um pouco mais cedo. Saí do prédio cheia de esperança e ansiedade, sentindo as mãos suarem mesmo estando sem luvas numa temperatura externa de dezesseis graus.

O bar de vinhos ficava pouco além do cruzamento da 3rd Street NE com a e Constitution Avenue NE, bem em frente a uma igreja. Parei do outro lado da rua e observei o pequeno estabelecimento, cuja entrada tinha sido decorada com flores de diferentes cores. A fachada era composta por uma porta de madeira pintada de preto com oito recortes de vidro e uma parede de vidro ao lado, que permitiam ver o que acontecia dentro do lugar. O resto da fachada tinha sido pintado num tom grafite. Uma espécie de adesivo branco colado no vidro me informava que eu estava no lugar certo: Wine & Spirits.

Uma plaquinha preta informava o horário de funcionamento, e percebi que o bar ainda não estava aberto. Notei que uma mulher de pele morena e cabelos encaracolados, vestida de preto, organizava o estoque de garrafas de vinho que ficava exposto atrás de um balcão de madeira rústica. Ela só podia ser a tal amiga do Chris.

Sequei o suor das mãos mais uma vez, utilizando o tecido interno dos bolsos da jaqueta jeans, atravessei a rua e segui a passos mais largos e rápidos do que seria necessário até a entrada do bar, agindo como se eu estivesse extremamente segura de mim.

Dei algumas batidinhas leves na porta e acenei com um movimento tímido e um sorriso calculado para que não fosse emotivo demais nem entusiasmado de menos. Virando-se para a porta, a mulher veio em minha direção com um semblante fechado de quem não entendia por que estava sendo incomodada se a placa claramente informava que o estabelecimento ainda estava fechado.

— Christopher me deu seu endereço e me informou que você está à procura de alguém para ajudar por aqui — falei, apressando-me em me explicar antes mesmo de dizer meu nome ou cumprimentá-la. Eu só não queria ser confundida com alguém inconveniente.

— Ah, sim! — exclamou ela. — Me desculpe... Tenho tanto trabalho para fazer que qualquer movimentação que não esteja prevista tem me deixado carrancuda. Venha, entre, vou mostrar o lugar a você. — Os músculos da face dela já estavam relaxados, e, enquanto caminhava até o outro lado do balcão, percebi que eu não tinha motivo para ficar nervosa ou ansiosa.

Como o lugar era pequeno, não havia muito para ser apresentado, apenas duas mesas de dois lugares junto à parede de vidro da fachada, uma bancada na parede em frente ao balcão, onde quatro pessoas podiam se sentar em banquetas de madeira rústica diante de um amplo espelho, e outras duas banquetas colocadas em frente ao balcão. Depois da breve explicação, Emma atestou o óbvio, dizendo que a ideia do lugar era mesmo ser acolhedor.

As paredes internas tinham sido pintadas num tom cinza um pouco mais claro que o da fachada, o que criava um contraste lindo com toda a mobília em madeira de demolição e os pequenos vasos de barro com suculentas que decoravam as mesas.

Os vinhos ficavam expostos em prateleiras atrás do balcão, cada um com um rótulo mais bonito que o outro; na sua grande maioria, eram vinhos tintos, com alguns poucos brancos. Na parte mais baixa, ficava um armário com portas e uma bancada com lindas taças de vidro de todos os tipos e tamanhos e todos os utensílios necessários para abrir as garrafas de vinho. Atrás do balcão, na parte mais próxima às mesas, havia uma pequena adega refrigerada com garrafas de vinho que pareciam abertas. Ao lado, havia uma porta em estilo *saloon*, simples e pintada de preto, e era possível ver, do outro lado, uma pequena cozinha muito bem organizada. No fundo do cômodo, ao lado da cozinha, havia um pequeno banheiro unissex. Apesar de o espelho na parede ampliar o ambiente, aquele era, com certeza, o menor estabelecimento em que eu já havia entrado.

Antes de querer saber mais sobre mim, Emma me contou a história do negócio e as razões pelas quais procurava uma ajudante. O Wine & Spirits, ou, como ela chamava, W&S, havia sido inaugurado havia pouco mais de seis meses e era fruto de uma realização pessoal. Trabalhando como auxiliar administrativa em uma grande rede de lojas de departamentos, Emma conseguira economizar e juntar dinheiro suficiente para abrir seu próprio negócio, um lugar aconchegante para degustar novos vinhos com os amigos. Vinhos eram sua paixão, e ela esperava que o bar viesse a ser uma alternativa ao trabalho burocrático que fazia havia mais de dez anos num escritório nada aconchegante.

Logo após abrir o bar, ela havia passado a trabalhar apenas meio expediente, administrando e atendendo no bar no tempo livre, mas o inverno tinha chegado e o movimento de clientes tinha diminuído, o que a obrigou a voltar à carga de trabalho anterior para conseguir cobrir suas despesas pessoais e manter o bar sem entrar no vermelho. Com a chegada da primavera, ela esperava poder treinar alguém que cuidasse do bar em alguns dias da semana, livrando-a do esgotamento mental e físico que vinha sentindo.

— Faz meses que não tenho tempo para namorar nem curtir meus amigos. Não consigo nem ir à manicure! Não era esse o objetivo final — confessou-me antes de explicar que o funcionamento do lugar não exigia tanto esforço assim. Além da carta de vinhos, o Wine & Spirits oferecia gratuitamente aos clientes uma porção de amendoins e castanhas; se o cliente quisesse algo mais consistente, havia queijos, azeitonas pretas e presunto de Parma. Os clientes podiam consumir uma única taça de alguns vinhos; de outros, somente a garrafa inteira.

— Não tem segredo — completou ela. — Basta entender um pouco das uvas e do processo de fermentação para dar sugestões aos clientes.

Eu quase podia sentir a dúvida dela pairando no ar. Embora a pergunta não tivesse sido feita, estava claro que ela queria saber se eu entendia alguma coisa sobre o assunto.

Minha expressão deve ter denunciado que eu não entendia nada de uvas ou fermentação, mas ela estava sendo tão amável comigo que, mesmo sabendo que não conseguiria o emprego, achei que seria interessante contar um pouco sobre mim antes de dizer que eu só sabia que o vinho seco era o bom e o suave, o ruim. Ela ouviu com atenção antes de dar uma resposta que me surpreenderia:

— Mas quem disse que estou procurando alguém que entenda tudo de vinhos? Eu mesma só sei o necessário e aprendi há pouco tempo. Eu trabalho com um *sommelier* que indica os vinhos que devo ter em estoque e me explica tudo o que preciso repetir para os clientes. O que preciso mesmo é de alguém que esteja disposta a trabalhar, saiba cortar queijos e queira aprender o básico sobre vinhos — explicou Emma. Olhando para mim, ela fez a pergunta final: — E aí, você tá dentro?

— Sim! Claro! Se você deixar, começo a limpar o chão agora mesmo! Quando posso começar?

— Amanhã, às dezoito horas. Fechamos às duas horas da manhã.

Tentei agir naturalmente ao me despedir dela, mas por dentro queria abraçá-la e agradecer de joelhos. Já ia passando pela porta quando ela me chamou:

— Olha, não sei se mencionei, mas, como a gente precisa conhecer bem os produtos, degustamos a carta de vinhos enquanto trabalhamos. Tudo bem pra você né?! — sugeriu com uma piscadela com o olho direito.

Eu não sabia o que tinha gerado aquela onda de bons acontecimentos na minha vida, mas esperava sinceramente que não parasse por aí. Um trabalho de oito horas, durante seis dias por semana, no qual eu poderia beber enquanto conheceria um monte de gente nova já era mais do que eu esperava, por isso não poderia reclamar se meu próximo compromisso não corresse como eu gostaria.

Anne e Luís haviam me explicado que, em Washington, os prestadores de serviços eram pagos semanalmente de acordo com a quantidade de horas trabalhadas. Ou seja, quanto mais horas a pessoa trabalhasse, maior seria o valor do cheque que ela receberia no final da semana ou da quinzena. Pelas minhas contas, quarenta e oito horas trabalhadas por semana me permitiriam pagar um aluguel, comprar ração e areia suficiente para Tapioca, ter uma boa alimentação e, se eu soubesse me organizar, até continuar no curso de inglês, ainda que fazendo menos horas de aula. Três dias seguidos de sorte tinham trazido mais boas notícias do que os dois últimos anos.

Vibrando internamente e dando largos sorrisos a desconhecidos, caminhei por alguns quarteirões até chegar ao pub de Chris. Era pouco depois das seis horas da tarde quando cheguei ao meu destino e encontrei Christopher cantarolando enquanto varria a entrada do pub. Sem pensar duas vezes, parei na frente dele de braços abertos.

— Eu preciso te dar um abraço. Muito, muito, muito obrigada!

— Então a conversa com Emma foi boa? — perguntou, retribuindo o abraço.

No meio de tanta euforia e gratidão, não pude me aproveitar mais do abraço nem memorizar todos os detalhes e sensações que aquele momento me trouxe. Tinha sido mais um impulso de agradecimento que um gesto com segundas intenções, e só comecei a me lamentar por não ter tirado proveito quando já nos separávamos. Ele apoiou a vassoura no chão, já que, na surpresa, tinha continuado segurando-a atrás das minhas costas enquanto me abraçava. Pensando bem, deve ter sido uma cena engraçada para quem estivesse passando por ali.

Chris me chamou para entrar e me serviu uma *pint* de Coors Light; dessa vez, sem o corante verde e por conta da casa. Além dos funcionários, não havia quase ninguém no pub. Num dia normal, nem parecia ser o mesmo local. Havia mesas e cadeiras espalhadas pelo ambiente, e Christopher e eu nos sentamos enquanto ele bebia um famigerado Mountain Dew. Tínhamos escolhido bebidas muito norte-americanas para dois estrangeiros.

— Como você consegue beber um refrigerante tão horrível? — perguntei a ele.

— A gente se acostuma. Vai chegar o dia em que você vai se acostumar também.

Não discuti, mas eu sabia que jamais tentaria beber aquilo de novo.

Ele me falou sobre como tinha passado o sábado com seu primo e um dos funcionários do pub tentando remover a grossa camada de cerveja seca e purpurina que havia coberto o chão. Minha mensagem tinha chegado exatamente quando terminaram e deram a si mesmos um intervalo antes de abrir o pub novamente.

E eu achando que ele tinha respondido prontamente porque havia esperado pela mensagem o dia todo! Quanta inocência!

Contei a ele como tinha sido minha "entrevista" com Emma, agradeci sua ajuda mais algumas dezenas de vezes e, aproveitando minha excitação, mostrei o quanto eu havia ficado feliz não só pela oportunidade de emprego, mas pelo convite para encontrá-lo.

Sua reação imediata foi olhar para o copo de refrigerante enquanto suas bochechas desenhadas pela barba, que tinha crescido bastante nos últimos dois dias, enrubesciam. Ele não esperava que eu fosse ser tão explícita.

Seu desconcerto me descompôs. Não tenho muita certeza do que eu esperava ao falar aquilo, mas com certeza não era aquela reação. Pra quebrar o clima de constrangimento e o silêncio ensurdecedor e reestabelecer minha segurança, fiz outra pergunta:

— Todos os seus amigos são tão legais quanto Emma?

Foi uma péssima escolha! O rosto dele, que mal tinha recuperado a cor natural, agora demonstrava desalento, como se ele soubesse que o que responderia me abateria de alguma maneira.

— Na verdade, Emma era minha namorada.

Tudo o que eu vinha pensando sobre sorte e os acontecimentos dos últimos dias continuava sendo verdade, mas não pude deixar de sentir pena de mim mesma por ter criado tanta expectativa em relação a uma coisa apenas porque a outra tinha dado tão certo.

Chris contou como havia sido o fim do seu relacionamento com Emma como se confessasse um crime. Sua admiração por ela e sua tristeza por não ter dado certo eram quase palpáveis. A consternação no seu tom de voz pairou no ar quando ele disse que ela tinha optado pelo término. Com todo o trabalho que o bar exigia, ela havia ficado distante, e eles mal se viam. Embora ele achasse que tudo estava bem, ela tinha terminado o relacionamento havia pouco mais de um mês, explicando que o afastamento a tinha feito perceber que talvez o ideal para ela fosse ficar sozinha.

— Mas não se preocupe — disse ele. — Continuamos sendo bons amigos.

Ele estava tentando tornar aquela confissão menos confusa para mim? Será que acreditava mesmo que me convenceria de que continuava em contato com ela apenas para cultivar a amizade, tendo demonstrado tanta tristeza em seus gestos e na escolha delicada das palavras?

— Não é o que parece. — Mais uma vez, eu estava pensando em voz alta sem perceber.

— Oi?

— Nada, não — respondi, agradecendo ao meu inconsciente por me pregar essas peças em meu idioma natal, e não em inglês.

Depois de fazer o papel de uma boa amiga e repetir clichês vazios como "É assim mesmo", "Vai ficar tudo bem" e "A vida segue em frente", mudamos de assunto e esperei apenas que o novo tópico da conversa começasse a morrer naturalmente para anunciar que eu precisava ir embora.

Despedi-me com outro abraço de agradecimento e compaixão, um pouco por ele ter sido abandonado e estar mal, mas ainda mais por pena de mim mesma e de toda a expectativa que eu tinha criado sobre aquele momento.

— A gente se vê por aí — falei enquanto me afastava da mesa.

Ainda bem que, com exceção de Helena, que estava a quilômetros dali e não poderia saber da vergonha que eu estava sentindo, a não ser que eu relatasse a ela, ninguém mais sabia sobre Christopher. Eu apenas contaria a todos sobre meu novo emprego com a desculpa de que "um conhecido me informou sobre a vaga de trabalho".

Ainda faltavam oito dias de aula até que o curso chegasse ao fim. Foram dias puxados. No começo, tentei voltar para casa, tomar um banho e só depois ir para o Wine & Spirits, mas era corrido e cansativo demais. Apesar de o banho aliviar a fadiga do dia, meus minutos tinham de ser contados para que eu não chegasse atrasada. Comecei a ter mais dificuldade para acordar, e, na sexta-feira, depois de quatro dias seguidos nesse ritmo, mesmo sabendo que poderia descansar no dia seguinte, convenci-me a não ir à aula e dormir mais um pouco.

Não adiantou muito. Ainda que meu corpo estivesse lutando contra o novo ritmo, eu já estava acostumada demais a acordar cedo. Além de ter dormido pouco tempo a mais e não ter descansado o suficiente, eu ainda me senti culpada por não estar na aula, sabendo que manter meu emprego dependia de ter o maior domínio possível do inglês.

Emma não se cansava de reiterar que, em algum momento, eu ficaria sozinha no bar, tomando conta de tudo, por isso era importante que eu me esforçasse para aprender todos os termos específicos. Nos primeiros dias, observando-a, eu me perguntava se ela sabia, ou se sequer imaginava, que eu tinha sabido sobre a vaga enquanto paquerava seu último namorado. Em outros momentos, peguei-me levemente enciumada ao pensar que ela provavelmente recebia mensagens frequentes de Christopher, que tentava manter a amizade. Depois do encontro na segunda-feira, eu nunca mais o vira.

Pra minha sorte, não sobrava muito tempo para alimentar essas neuroses, já que a todo instante eu era chamada a responder algo na sala de aula ou a pegar alguma coisa para Emma.

Depois de perder a aula da manhã naquela sexta-feira, decidi enfrentar ao menos os estudos na parte da tarde, com a esperança de conseguir almoçar com Ugne e Clara. Encontrei as duas no curso; Clara terminava de comer uma salada enquanto Ugne lidava com a máquina de café com maestria.

— Vai querer um? — perguntou Ugne ao me ver chegar.

Antes que eu pudesse responder, Clara se virou para mim, com uma expressão animada, e desandou a falar.

— Ah, você veio! Que bom! Eu já estava ficando preocupada... Nunca vi você faltar, e a gente mal se viu ultimamente. Estava triste só de pensar que não poderia te contar as novidades pessoalmente! Arrumei outro emprego!

Fiquei feliz por ela. Eu sabia que viver num *hostel* e se manter com apenas o necessário não era exatamente doloroso, mas também não era muito prazeroso, principalmente para quem sempre teve uma boa condição de vida.

— Ela só esqueceu de contar uma parte não tão legal assim — comentou Ugne. — Ela vai ter que parar de estudar. Ao menos aqui.

— Talvez isso não seja tão negativo assim... — falei, levantando as sobrancelhas para Clara e esquecendo que Ugne não sabia sobre o romance secreto. Ao ver que Ugne não tinha entendido, continuei, tentando reverter a situação: — Eu mesma mal vejo a hora de minhas aulas acabarem. Essa história de passar mais de quinze horas fora de casa está me matando!

Clara explicou que teria de abandonar as aulas porque sua carga horária de trabalho seria das dez às dezesseis horas. Como ela continuava trabalhando como *babysitter* nas noites de terça e quinta, não poderia sequer tentar estudar em outro lugar durante a noite. Por outro lado, e isso ela não disse, poderia finalmente assumir o relacionamento com Ethan. Tudo tem seu lado positivo.

— É só até eu conseguir me estabilizar, mesmo porque meu visto exige que eu esteja estudando. Talvez eu consiga que Ethan me dê umas aulas particulares nos meus horários livres. — Agora era ela quem estava me provocando.

— É uma boa ideia. Talvez ele consiga produzir algum tipo de documento que comprove as aulas particulares — comentou a pobre e ingênua Ugne.

Durante o dia, Clara trabalharia na cafeteria de um pequeno mercadinho que não ficava muito distante do instituto e era ainda mais próximo do albergue onde ela estava hospedada. Aquele seria seu último dia de aula, mesmo já tendo pagado a mensalidade para todo o mês com o dinheiro que o pai enviara.

Depois das aulas da tarde, ela me acompanhou até a porta do Wine & Spirits. Achei que seria a última vez que nos veríamos, mas prometemos manter contato.

"Ninguém pode salvar ninguém. Temos de nos salvar a nós próprios."

Herman Melville

Dormi durante a maior parte do domingo. Quando ainda era bem cedo, Tapioca me acordou com seus carinhos e miados para mostrar que a vasilha de comida dela estava vazia. Quando sentia fome, não importava o que eu estivesse fazendo, ela agia com a certeza de que a alimentar era minha principal obrigação.

Ainda sonolenta e cambaleante, eu a segui e enchi a vasilha. Ela preencheu todo espaço livre que tinha no estômago e voltamos para a cama. Mais tarde, aproveitei o tempo em que não estava dormindo nem lavando roupas para ler um livro que eu havia pegado emprestado na biblioteca do curso. Dessa vez, ao contrário dos livros amadores que eu gostava de ler no Brasil, eu tinha optado pelo clássico *Moby Dick*. Achei que, por já conhecer a história, seria mais fácil compreender as palavras que eu ainda desconhecia.

O trabalho havia sido tranquilo naquela semana. De modo geral, observei Emma atender e servir os poucos clientes que apareceram no bar e tentei memorizar as explicações sobre cada garrafa de vinho e o que Emma me ensinava no tempo livre entre um cliente e outro. Com exceção de colocar taças e tábuas na lava-louça e manter os balcões e o chão limpos e organizados, eu não havia feito muita coisa.

O ritmo de aulas e trabalho se manteve intenso até a quinta-feira seguinte, quando meu curso de inglês chegou ao fim. Apesar de aliviada por ter mais tempo livre, eu sabia que sentiria falta de todas as pessoas e do café expresso moído na hora.

Três semanas depois, também numa quinta-feira, Emma permitiu que eu atendesse um cliente pela primeira vez. Eram duas amigas que já tinham ido ao bar na semana anterior. Elas já sabiam o que queriam e pediram prontamente a bebida, que eu servi com os amendoins e castanhas como acompanhamento.

Foi um momento breve e simples, mas que significou muito para mim. Apesar de Emma não ter dito nada, eu sabia que sua permissão significava que meu esforço estava sendo recompensado e que eu estava pronta para receber outras tarefas. Daí para frente, o trabalho melhorou ainda mais. Nos dias seguintes, Emma me apresentou para os clientes mais frequentes, explicando que, embora eu ainda estivesse em treinamento, ela tinha certeza de que todos seriam bem atendidos.

Recebi meu segundo pagamento em dinheiro, já que eu não tinha os documentos necessários para receber em cheque, algo que preocupava Emma.

— Você precisa cuidar disso, caso pense em trabalhar aqui a longo prazo — comentou ela.

Pensei em Clara e resolvi pedir ajuda a ela sobre como solicitar a extensão do visto com permissão de trabalho. Decidi visitá-la no dia seguinte.

Cheguei no fim do expediente e encontrei a cafeteria vazia. Clara lavava alguns utensílios na pia e só me notou quando me aproximei e pedi um cappuccino.

— Não servimos cappuccinos para pessoas desaparecidas — respondeu, de gozação, mas percebi que ter falado em outra língua chamou a atenção de um senhor de descendência asiática, que usava boina cinza e camisa de botões com duas grossas listras verticais e parecia ser seu chefe.

— Não se preocupe. Ela é minha amiga — explicou Clara, apressando-se em aniquilar a curiosidade do senhor.

Ela preparou meu cappuccino, fez um para si mesma e despediu-se do chefe. Subimos a New Hampshire Avenue em direção ao Dupont Circle à procura de um bom lugar para assistir o pôr do sol enquanto aproveitávamos a temperatura amena.

Depois de elucidar minhas dúvidas, dando todas as informações necessárias para que eu abrisse uma conta num banco que fazia transações financeiras para brasileiros e portugueses, e me acalmar com a explicação de que eu não teria problema enquanto meu visto não estivesse próximo de vencer, Clara me disse que estava adorando os dois trabalhos e que as crianças de Charlie eram espertas e comportadas.

— Jogamos videogames e jogos de tabuleiro. Mal vejo o tempo passar! Alguns dias, fico até mais tarde só para que possamos terminar alguma fase num jogo. É mais divertido do que eu imaginava. — Pela entonação dela, parecia mesmo muito divertido.

O trabalho que fazia na cafeteria não era muito diferente do meu: bastava servir bebidas e *donuts* para os clientes e manter o local organizado. O movimento não era tão grande, o que permitia que ela estudasse entre um cliente e outro, mas agora via Ethan com muito menos frequência. Ele estava sempre ocupado com o preparo das aulas, os *happy hours* com os alunos e seus problemas pessoais. No máximo, eles se viam duas vezes por semana. Não era bem o que ela esperava, mas compreendia que os dois estavam muito ocupados.

— Estou pensando em alugar um quarto no apartamento de alguém. Vi alguns anúncios e vou começar a visitar alguns lugares. Aquele albergue já deu o que tinha que dar!

Bastou o comentário dela para eu me tocar de que também podia começar a procurar um novo lugar para morar. Tinha dinheiro suficiente e não me parecia que ficaria sem trabalho de uma hora para outra. Além disso, já fazia quase três meses que eu estava na casa de Luís e Anne. Estava mais do que na hora de achar um lugar para mim.

— O que você acha de dividirmos um apartamento?

— Você não está me pedindo em casamento, está? Porque você sabe que estou compromissada e, apesar de não o ver com tanta frequência, não pretendo trair Ethan. — Com Helena, eu tinha uma relação de sinceridade extrema; com Clara, estava construindo uma relação de zoação extrema!

O despertador do meu celular soou, indicando que era hora de ir para o trabalho.

— Pense no assunto — pedi a ela, pegando minha bolsa. Despedi-me com um abraço, torcendo para que me dissesse mais tarde que aceitaria a oferta, mas, para ela, já tinha passado tempo suficiente para decidir.

— Fique atenta ao seu e-mail. Vou começar a procurar apartamentos hoje mesmo!

Rápida como era, marcou para o final de semana uma visita a um sobrado próximo ao rio Potomac, no coração do bairro mais charmoso da cidade. Quando chegamos, fomos recebidas pelo dono do imóvel, um senhor de cabelos e barba branca, barriga proeminente e olhos azuis, que calçava Crocs com meias de lã grossas demais para os agradáveis dezoito graus que faziam naquele dia. Ele se apresentou como Dex e mostrou-nos o lugar, explicando que havia dividido o sobrado em dois: usava o térreo e o porão para si e alugava o segundo andar da casa, que tinha reformado e podia ser acessado por uma entrada privada. Os fundos da casa davam para uma área preservada do rio, o que garantia uma vista linda da janela dos quartos.

— Mal posso esperar para ver essa paisagem no inverno. — Era meu inconsciente se expressando em voz alta outra vez.

Lembrando-me de Tapioca, perguntei se o dono da casa se importava que tivéssemos um animal de estimação.

— Alguma de vocês fuma?

Como ele tinha associado animais de estimação a cigarros eu não sei, mas respondemos que nós duas éramos avessas a qualquer tipo de fumaça, o que era mesmo verdade.

— Qual animal vocês têm?

— Uma gata — respondi, já suspeitando que passaríamos o restante do sábado procurando outros apartamentos.

Mas a expressão carrancuda do homem, de quem estava exausto de mostrar aquele espaço para diferentes pessoas, transformou-se em uma demonstração de alegria e identificação.

— Ah, não! Claro que não será um problema! Eu mesmo tenho um casal de felinos. Eles não saem de casa e são castrados, portanto vocês não têm com o que se preocupar. Perguntei que animal têm porque acho que um cachorro poderia ficar agitado apenas por sentir o cheiro dos meus bichanos no andar de baixo. E você sabe como é... Quem mora em baixo tem que se preocupar com o barulho que quem mora em cima pode fazer.

Era sua forma de dizer que poderíamos morar ali, com o sutil aviso de que deveríamos ser silenciosas.

— Nós adoraríamos morar aqui, mas o valor do aluguel é um pouco mais alto do que podemos pagar. — Clara era direta e não se preocupou em falar por nós duas após me ouvir pensando em voz alta enquanto olhava pela janela.

Dex sugeriu diminuir o valor do aluguel até o que podíamos pagar, desde que providenciássemos nossa própria internet, que, de outra forma, ele teria oferecido.

— Então já podemos nos chamar de vizinhos! — Dessa vez, fui eu que não consegui conter minha ansiedade e respondi por ambas.

Os minutos seguintes foram preenchidos com uma amigável conversa sobre gatos entre eu e Dex enquanto Clara se mostrava entediada e tomávamos um café na cozinha dele. Agora simpático, o senhor me apresentou seus dois gatos e pediu que eu explicasse o significado do nome da minha estimada Tapioca. Contou-me que havia decidido reformar o segundo andar do sobrado depois que sua mulher faleceu, no ano anterior, devido a um câncer de esôfago.

— Ela fumava demais. Provavelmente essa foi a principal causa do aparecimento do câncer. Desde então, não consigo suportar que fumem perto de mim.

Seus três filhos já eram casados; dois deles moravam com suas esposas ali mesmo em Washington, e o outro morava com o esposo em Quebec, no Canadá, e tinha acabado de adotar uma linda menina de apenas oito meses de idade. Ao todo, Dex tinha três netos. Embora seus olhos brilhassem ao falar sobre as crianças, ele não demonstrava nenhum descontentamento com o filho do meio, que tinha decidido não ter filhos.

Enquanto conversávamos animadamente, Clara apenas esperava um intervalo para perguntar quando poderíamos nos mudar. Dessa vez, não consegui identificar se era seu jeito rápido de fazer as coisas ou se simplesmente não suportava mais morar no espaço mínimo a que tinha direito no *hostel*.

Dex já tinha mostrado que a cozinha estava repleta de tigelas, copos, xícaras, panelas, utensílios domésticos e até panos de prato, então só nos faltava comprar as camas e, quem sabe no futuro, um bom sofá. Fomos a uma loja de móveis usados e conseguimos duas camas, uma de solteiro e uma de casal, por um ótimo preço.

Eu tinha comprado a cama de casal, e ela, a de solteiro, mas Clara me fez prometer que emprestaria meu quarto e minha cama se ela decidisse levar uma companhia para casa vez ou outra. Isso não me incomodava, mesmo porque, até onde eu tinha conhecimento, o dia em que eu levaria uma companhia para casa estava bem distante.

Compramos roupas de cama na loja TK Maxx, que descobrimos perto da nossa nova residência. Decidimos fazer uma boa limpeza na casa e passamos num mercado para comprar o necessário para a primeira semana, já que as camas chegariam na segunda-feira e já poderíamos nos mudar.

Passamos o domingo organizando nossa nova casa. Imaginei onde colocaria a caixa de areia de Tapioca, o sofá e os quadros que eu esperava poder comprar algum dia. Organizei no armário as roupas que eu já tinha trazido da casa de Luís e aproveitei o tempo gasto com trabalhos braçais para contar a Clara toda a minha história.

Falei sobre a faculdade, sobre Helena, sobre o trabalho como arquiteta e, finalmente, sobre Henrique. Percebi que tudo o que ela sabia até aquele momento era que eu estava hospedada na casa de uns parentes distantes. Eu nunca tinha entrado em detalhes, e ela nunca perguntara.

Também falei sobre Christopher e sobre como eu me sentia envergonhada por ter criado tanta expectativa em cima de um cara que só queria ser um bom cidadão e ajudar uma estranha. Ela achou que eu estava sendo dramática demais e que talvez ele realmente tivesse ficado interessado em mim e se afastado depois de quebrar o clima do primeiro encontro falando sobre a antiga namorada.

Se ela achava que eu estava sendo muito dramática ao dizer que me sentia envergonhada, eu nem imaginava o que ela diria se eu contasse a parte realmente dramática da história e confessasse que vinha demorando a dormir, analisando demasiadamente os motivos pelos quais eu tinha sentimentos tão ambíguos em relação a Christopher.

Essa herança dos tempos de terapia era uma benção e um castigo. Analisar de maneira aprofundada tudo o que me chateava ou ocupava minha mente por mais tempo do que parecia necessário me ajudava a lidar com várias situações que poderiam se agravar até me levar a um novo surto de pânico. Por outro lado, era um tormento lidar com coisas para as quais eu não encontrava explicações concretas, mesmo indagando meu íntimo veementemente, e que me tiravam o sono como se eu estivesse lidando com uma investigação policial. Apesar de nosso breve contato, Christopher tinha deixado infinitos questionamentos em mim.

Depois de muito ponderar, concluí que, uma ou outra vez, tinha sentido ciúmes da relação que ele conseguia manter com Emma, mas não por querer ter o mesmo tipo de relação com ele, e sim porque eu gostaria de ter qualquer tipo de relação com Henrique. Na verdade, eu me sentia extremamente aliviada por nada ter acontecido entre Christopher e eu.

Era até difícil me reconhecer quando eu me lembrava de ter flertado com ele no dia do aniversário de Ethan, e era ainda mais inconcebível pensar que o tinha abraçado assim que o vi no dia em que consegui o emprego. Era tão desconfortável me lembrar desses dois momentos que minha vontade era me esconder embaixo das cobertas e não deixar que ninguém me visse até o constrangimento passar. Isso porque eu estava sozinha no quarto! Imagine qual seria meu desespero se me lembrasse disso em público?

Eu via dois desfechos para meus questionamentos. O primeiro era que eu não estava pronta para me desapegar da minha última relação. Mesmo que já houvesse passado mais de um ano, me interessar por outro cara seria como deixar para trás a história que tive com Henrique, assumindo que todos aqueles anos não tiveram tanta importância assim.

Eu não sentia que esse era o desfecho mais honesto ao qual eu poderia chegar, mas também não tentava esconder de mim mesma que eu ainda me sentia como se devesse algo a Henrique. Tínhamos contas a acertar, e toda aquela atitude que demonstrei ao conhecer Christopher, e que eu não reconhecia, havia sido um mecanismo de defesa, uma tentativa de ir ao outro extremo para testar minha teoria.

A outra conclusão à qual cheguei era bem mais simples, mas não parecia tão honesta quanto a primeira e era baseada na possibilidade de que, lá no fundo, eu desejasse ser uma pessoa cheia de atitude, que segue em frente e vive no presente, e não no passado, e tivesse falhado miseravelmente ao tentar.

Esses dilemas pareciam viver em meu travesseiro. Eles apareciam assim que eu colocava a cabeça no saco cheio de penas de ganso e ficavam comigo até que eu conseguisse adormecer. Alimentei a esperança de que desapareceriam quando comprei um travesseiro novo e transformei o antigo, que eu havia trazido comigo do Brasil, na nova cama da Tapioca. Não demorou muito para eu descobrir que tinha sido só mais uma superstição besta que em nada ajudaria.

Na manhã de segunda-feira, quis fazer um gesto de agradecimento e preparei o café da manhã de Luís, Anne e Bela. Depois de agradecê-los imensamente por terem sido tão receptivos, pedi e os fiz prometer que me deixariam cuidar de Bela com alguma frequência, para que tivessem mais tempo a sós e para que ela e Tapioca não adoecessem de saudade uma da outra. Depois, coloquei o resto das minhas roupas em outra mala e atraí Tapioca para a caixinha de transporte usando um petisco. No caminho para a nova casa, Tapioca fez sua primeira viagem de metrô.

As camas chegaram no horário marcado, e usei o resto do meu tempo livre procurando uma lavanderia na região e observando Tapioca investigar todos os cantos da casa, com seu rabo dançante indicando curiosidade e empenho. O lugar era como uma nova selva para ela, e, nos primeiros dias, Tapioca foi enfática nas demonstrações de que não tinha gostado nada da mudança e ignorou minha presença até finalmente entender que não teria volta. Era aquilo ou nada. Eu não esperava que ela reagisse assim depois da fácil adaptação à casa de Luís, mas vai entender o que se passa na mente dos felinos...

Infelizmente, Clara e eu quase não nos víamos. Eu acordava tarde, e ela saía logo cedo para trabalhar. Quando ela voltava para casa, eu estava a caminho do meu trabalho, e, quando eu voltava, era ela que já estava descansando, mas voluntariamente transformamos os domingos, nos quais nós duas tínhamos folga, no dia oficial da convivência.

Às vezes, fazíamos cookies e levávamos uma porção para Dex; pra ser mais sincera, fazíamos os cookies e *eu* levava os quitutes para nosso senhorio. Clara não tinha paciência para conversa fiada e já era sabido que Dex e eu gostávamos de bater papo. Outras vezes, Luís, Anne e Bela nos visitavam ou Bela vinha passar o dia conosco.

Quando o verão chegou, e o calor ficou intenso o suficiente para tornar os ambientes internos abafados, passamos a fazer caminhadas pelo parque à beira do rio. Um dia, Clara se deu conta de que eu já estava nos Estados Unidos havia quase seis meses e ainda não tinha visitado nenhum ponto turístico. Eu mesma havia me esquecido, embora tenha aproveitado um dia de semana de sol em que eu estava entediada demais para ficar em casa até a hora do trabalho para ir por conta própria ao National Harbor, um porto no rio Potomac.

O verão em Washington parecia tão extremo quanto o inverno, atingindo temperaturas próximas aos quarenta graus e rajadas de vento de mais de noventa quilômetros por hora. Depois de tanto tempo vestindo calças e blusas de mangas compridas, era quase uma afronta não aproveitar o tempo bom. As ruas ficavam cheias, os canteiros nas calçadas floresciam, orgulhosos, e menos pessoas utilizavam o metrô, preferindo caminhar ou pedalar até seu destino. Só então notei a quantidade de bicicletários nas ruas. Também não demorei muito para perceber que andando de bicicleta eu uniria o útil ao agradável, economizando a grana gasta no transporte público e abandonando o sedentarismo, e assim que pude comprei minha magrela.

"Mergulhe no que você não
conhece como eu mergulhei.
Não se preocupe em entender,
viver ultrapassa qualquer
entendimento."

Clarice Lispector

Numa noite, quando eu já cuidava do bar sozinha havia tempos e estava familiarizada com a maioria dos clientes, fui surpreendida pela chegada de um homem alto, de barba feita, óculos de armação fina e cabelo bem cortado. Eu estava na cozinha, cortando queijos, quando o sujeito entrou no bar e sentou-se numa das banquetas do balcão de atendimento. Servi a tábua de queijos aos clientes de outra mesa e, quando voltava para atender o recém-chegado, reconheci sua voz.

— Não é que você fica bem nesse avental preto?!

Era Christopher, ainda que eu quase não o tivesse reconhecido sem seus suspensórios e a barba por fazer, além de jamais ter passado pela minha cabeça que ele pudesse usar óculos. O frio no meu estômago sugeria que eu continuava o achando lindo do mesmo jeito, mas optei por tratá-lo como um cliente qualquer.

— Pode me servir uma taça do seu vinho preferido da Wine & Spirits?

Enchi uma taça com um vinho espanhol que eu adorava e precisava me policiar para não beber, notando que os óculos só tinham deixado Christopher mais charmoso. Não resisti e servi uma taça pra mim também. Eu precisaria dela para agir naturalmente, já que ele parecia disposto a conversar.

Depois de comentar que estava feliz em ver o quanto eu tinha gostado do trabalho e em ter feito uma boa indicação a Emma, já que não a via controlando meu trabalho, ele contou que tinha viajado para a Austrália poucos dias depois da última vez que nos vimos e passado dois meses por lá, aproveitando bastante as merecidas férias depois de tanto tempo cuidando do pub diariamente.

— Inclusive, eu é que preciso agradecê-la hoje. Nossa conversa me fez perceber que eu precisava me afastar um pouco de tudo por aqui.

Então ele não tinha ido ao bar à procura de Emma, como eu imaginava?

— Também preciso pedir desculpas — continuou ele. — Eu não devia ter agido como o tipo de cara que passa a maior parte de um primeiro encontro falando sobre a última namorada.

Eu já conseguia visualizar Clara se vangloriando por ter estado certa todo aquele tempo. Para minha sorte, o bar estava relativamente movimentado, e eu podia sair da bolha que parecia ter se formado à nossa volta para atender os outros clientes e dar um descanso à paranoia que crescia na minha mente cada vez que ele sorria e três linhas de expressão se formavam nos cantos dos seus olhos, tornando-o ainda mais atraente.

Christopher não ficou tempo demais nem foi inconveniente, mas a breve conversa foi suficiente para trazer outra vez à tona a confusão que ele causava em mim e garantir horas de sono perdidas. Depois de um diálogo em que eu ouvi mais do que falei, ele se despediu:

— Espero que seu número continue sendo o mesmo e que você encontre um tempo para responder minhas mensagens. Se não, serei obrigado a voltar aqui para tomar uma garrafa inteira desse vinho espanhol, e isso certamente seria um sacrifício. — Dessa vez, não tive dúvidas sobre sua intenção. Dava para ler a ironia em cada linha do rosto dele.

Depois do expediente, voltei pra casa a pé, na esperança de ficar cansada o suficiente para dormir logo, mas o plano não funcionou. Para a minha sorte e o azar de Clara, meu drama pessoal logo seria ofuscado pelos acontecimentos dignos de novela mexicana que tomariam conta da vida dela.

Seu relacionamento com Ethan se mantinha firme, embora o auge da paixão tivesse ficado para trás e a nova rotina não correspondesse ao que ela esperava que aconteceria quando pudesse contar ao mundo sobre sua relação. Por causa do excesso de trabalho, eles também se viam cada vez menos. Mesmo assim, Ethan tinha aparecido para conhecer nossa casa e passado uma tarde de domingo conosco, quando fizemos uma visita ao cemitério de Arlington, um dos maiores pontos turísticos da cidade.

Alguns dias depois do encontro com Christopher, recebi uma mensagem de Clara durante meu horário de trabalho, perguntando se eu estava sozinha no bar.

"É claro que não", respondi. "Isso aqui é um bar, lembra? Se eu estivesse sozinha num sábado à noite, provavelmente correria o risco de perder meu emprego."

"O que eu quero saber é se Emma está aí com você ou se está atendendo sozinha...", continuou ela.

Notando que Clara não estava usando o tom passivo-agressivo que caracterizava nossa zombaria, imaginei imediatamente que algo ruim tinha acontecido.

"Ela está, sim, mas deve sair por volta das onze horas. Por quê? Tá tudo bem? O que aconteceu?"

"Perfeito", disse ela. "Estou cuidando dos filhos de Charlie, mas, saindo daqui, passo aí. Você não vai acreditar no que aconteceu."

Ela tinha descoberto que estava grávida?

Uma das crianças fora atropelada?

Ela tinha quebrado alguma jarra de cristal que valia milhares de dólares?

E encontrou uma coleção de armas na casa?

Pior ainda, alguém tinha entrado na casa e sequestrado as crianças?

Apenas os piores cenários passavam pela minha cabeça. Eu odiava essa mistura de mistério e perigo ao mesmo tempo, um dos motivos pelos quais Christopher voltara a ocupar tanto meu subconsciente. Não saber o que iria acontecer, ou o que havia acontecido, só me fazia pensar e pensar e pensar mais um pouco. Teria sido muito melhor se ela tivesse parado em "saindo daqui, passo aí", mas agora eu teria mais de três horas para imaginar desgraças até encontrar a mais plausível.

"Quer me matar do coração?", escrevi e enviei, mas ela não respondeu. Aparentemente, ela queria, sim, me matar do coração.

Numa tentativa de ser mais positiva, reli a mensagem e percebi que ela não dera sinais de que o que tinha acontecido era algo terrível ou desesperador, mas apenas surpreendente, algo que eu jamais esperaria. Eu mesma, sozinha, havia fantasiado algo pavoroso, mas poderia ser qualquer outra coisa, como…

Não, não adiantava. Eu não conseguia pensar em nada bom ou que ao menos não fosse muito ruim. É assim que os ansiosos reagem.

Depois do que pareceram ter sido três dias, mas que, na verdade, tinham sido apenas duas horas e quarenta e seis minutos, Clara entrou no bar e tive de me controlar para não a puxar até a banqueta mais próxima do balcão para que ela desembuchasse logo tudo o que tinha acontecido.

Ela não parecia tão perturbada quanto eu imaginei que estaria. Seus ombros caídos, os movimentos lentos e o rosto inchado mostravam mais sinais de derrota que de desespero.

— Ai, meu Deus, alguém te bateu? — As palavras saíram num tom mais alto do que eu gostaria e atraíram os olhares de um grupo de pessoas que estava sentado logo atrás de Clara.

— Não, não! Claro que não! De onde você tirou isso? — Além de tudo, ela agora parecia aborrecida comigo por ter falado alto demais e atraído uma atenção desnecessária.

— Conta logo! O que aconteceu?

— Charlie precisava de alguém para cuidar das crianças hoje à noite. Ela e o marido tinham uma festa para ir. Não sei por que ela acha que precisa me dar dinheiro se tudo o que faço é me divertir durante algumas horas com aquelas crianças encantadoras, mas vi que o casal estava mais produzido que o usual e fiz um comentário sobre o quanto estavam elegantes. Bendita hora em que decidi fazer um elogio! — O tom dela era de tamanha amargura que não combinava de maneira alguma com o verdadeiro significado da palavra "bendita".

— O esposo de Charlie agradeceu o elogio — continuou ela. — E contou que eles estavam a caminho de uma comemoração de noivado. Então, Charlie disse: "Ela o conhece, John. Não lembra que Clara estudou no curso?". Ela deu alguns detalhes ao marido enquanto eu cumprimentava as crianças com um *high five* e aí se virou para mim e falou: "É o noivado do Ethan, Clara, o professor de conversação. Lembra dele?".

Clara contou que fingiu não entender, e, na realidade, não entendia mesmo, aproveitando para fazer todas as perguntas possíveis sobre o tal noivado, a futura esposa de Ethan e tudo mais que ela pudesse descobrir sem parecer uma maluca obcecada por ele.

Segundo Charlie, Ethan e a noiva haviam se conhecido havia poucos meses, mas estavam tão enfeitiçados um pelo outro que tinham decidido dar logo o próximo passo. O casamento estava marcado para o ano seguinte, mas eles faziam questão de reunir todos os amigos, familiares e até colegas para um jantar na casa dos pais dela.

— Não acredito que ela falou que eles estão enfeitiçados! — comentei com Clara. — Quem fala assim? — Até os termos daquela conserva pareciam surreais para mim.

— Pois foi exatamente o que ela disse! Você sabe o quanto eu memorizo as coisas quando realmente me interessam, e cada letrinha dessa história me interessa demais. — Havia uma mistura de desilusão e mágoa nas palavras dela. — A noiva é aqui de Washington mesmo. Charlie não sabe como eles se conheceram, mas sabe que o pai da moça foi assessor do vice-presidente algumas décadas atrás. Hoje ele presta consultoria política para jovens candidatos.

Pelo que Clara dizia, ele parecia ser importante. Mas sobre a noiva, que era quem realmente interessava, Charlie só sabia dizer que Ethan não falava em outra coisa desde que assumiram o relacionamento.

— E Charlie ainda disse que ele parecia mais feliz e realizado — reclamou Clara. — Ela fez tantos elogios a ele e ao relacionamento e pareceu tão empolgada com a realização dos dois que eu quase gritei que ele também era *meu* namorado! Eu até me imaginei gritando. Enquanto tentava manter minha cara *blasé*, eu me esgoelava por dentro.

Pessoalmente, eu não duvido nada que tenha sido exatamente assim. Mas Clara explicou que ficou ainda mais indignada quando, ao sair, o marido de Charlie perguntou se deveriam mandar suas lembranças a Ethan.

— Claro que minha resposta foi que lhe dissessem que eu desejava apenas o melhor para o casal — completou ela.

O sarcasmo na voz era claro, mas seus olhos marejados mostravam que ela não tinha lidado tão bem assim com a situação. Depois de cuidar das crianças, colocá-las na cama e ler um livro para que dormissem, ela chorou por todo o caminho entre a casa de Charlie e o Wine & Spirits.

Eu a presenteei com uma garrafa de vinho, e ela ficou no bar, em minha companhia até o horário de fechamento. Na volta para casa, empurrei minha bicicleta enquanto Clara, aos goles, tentava afogar a decepção no vinho. Achei que a caminhada e o álcool ajudariam a colocar a mágoa para fora, mas Clara não apenas se concentrou em repetir suas lamúrias como fez questão de relembrar todos os seus relacionamentos fracassados, desde a primeira paixonite não correspondida, quando ainda estava na sexta série do colégio, ao namorado que desapareceu logo depois de tirar sua virgindade aos dezessete anos. Ela se martirizou, sentindo pena de si mesma, e eu achei que devia apenas ouvi-la com atenção e segurar seu cabelo quando chegássemos em casa.

Afinal de contas, o que eu poderia dizer naquele momento? Que ele realmente tinha sido um babaca? Que ele não era o único cara do mundo? Que não é porque ele foi um idiota e ela teve experiências ruins que todos os outros homens do mundo também serão?

Eu estaria apenas repetindo coisas que ela já sabia e gastando saliva à toa, já que, com todo aquele álcool no corpo, duvidava muito que ela se lembrasse de algo no dia seguinte.

Escutei seus lamentos por horas, não apenas durante o trajeto, mas também em casa. Sugeri que ela dormisse no meu quarto. Impedi, algumas vezes, que ela mandasse uma mensagem ou ligasse para Ethan. E quando ela já estava extenuada, consumida pelo seu infortúnio, acariciei seu cabelo enquanto descansava no meu colo. Era meu jeito de dizer que eu a entendia e que tudo ficaria bem, mas talvez eu devesse ter sido mais clara e usado palavras.

Não me recordo bem quando o clima mudou. Lembro apenas que, em um momento, Clara estava recebendo meu carinho e, um segundo depois, estava se aproximando para me beijar. Ligeiramente perplexa e profundamente constrangida, eu me afastei num ímpeto, já me desculpando.

Ela pareceu ter recobrado a consciência depois da minha repulsa e levantou-se cambaleando, pedindo perdão e dizendo que não sabia por que tinha feito aquilo. Estava visivelmente arrependida e fechou-se no próprio quarto enquanto, do outro lado da porta, eu tentava explicar que não havia motivo para se envergonhar, que estava tudo bem, que ela estava bêbada e não sabia o que estava fazendo. Eu só queria que ela entendesse minha reação, já que eu havia sido pega de surpresa.

Minha insistência não adiantou. Ela não abriu a porta nem respondeu meus chamados. Imaginando que ela já tinha caído no sono e sabendo que esse seria o melhor remédio para tornar tudo aquilo menos constrangedor, voltei para a minha cama e procurei descansar.

Acordei tarde, torcendo para que Clara não se lembrasse do que havia acontecido na noite anterior e assim pudéssemos seguir com nossa rotina sem maiores embaraços. Programei-me para preparar um jantar para ela como pedido de trégua caso minha expectativa falhasse, mas notei que Clara já não estava em casa. A porta do seu quarto estava aberta e sua cama, arrumada. Porém, com exceção de Tapioca, não havia outro sinal de vida pela casa.

Não a vi durante dias. Sabia que ela aparecia em casa, pois, observadora como sou, sempre encontrava indícios de sua passagem por algum lugar, fosse um par de sapatos deixado perto da sua cama ou alguma louça lavada. Ao menos ela não tinha abandonado a casa.

Mandei dezenas de mensagens. Liguei em diferentes momentos. Fiquei em casa até o último segundo antes de ir para o trabalho na esperança de que nos encontrássemos. Ela não respondeu. Não atendeu. Não apareceu. Pensei em ir até o trabalho dela e explicar que não havia motivo para aquele clima, mas, se ela não queria me ver, eu não devia forçar um encontro.

Então, lembrei-me de mandar uma mensagem para Ugne.

"Tem notícias da Clara?"

"Achei que você morasse com ela", respondeu ela.

Ugne já havia ido ao Wine & Spirits algumas vezes e tinha jantado na nossa casa num domingo. Eu sabia que ela mantinha contato com Clara e pedi encarecidamente que passasse no bar quando saísse do curso de inglês.

Quando chegou, Ugne me contou que Clara havia ido ao curso na segunda-feira de manhã, batido na porta da sala onde Ethan aguardava os novos alunos fazerem seus testes escritos e esbravejado desesperada, em meio a xingamentos elaborados, atraindo a atenção de toda a escola. Ethan até tinha tentado controlá-la, mas, quanto mais reagia, mais ela se irritava e demonstrava seu descontentamento com palavras que pareciam golpes no ar.

Sem entender nada, os professores tinham saído de suas salas. Totalmente descontrolada, vendo que tinha plateia, Clara gritou aos quatro cantos que se envolvera com Ethan muito antes de deixar o curso, que ainda estavam juntos e que se existia um relacionamento de fachada era o recente noivado. Logo depois, saiu em disparada, e todos ficaram boquiabertos, esperando algum tipo de reação de Ethan, mas tudo que ele fez foi pedir desculpas em alto e bom som, voltar para a sala em que estava e fingir que nada aconteceu.

Enquanto Ugne esclarecia os acontecimentos dos últimos dias, eu me colocava no lugar de Clara, imaginando como diabos ela estava conseguindo se manter afastada até de mim nesse momento.

A lituana também tinha tentado falar com Clara nos últimos dias, mas sem sucesso. Estava preocupada, mas tinha se atido a mensagens e ligações, achando que Clara preferiria se abrir comigo, uma amiga com quem tinha contato diário. Na verdade, Ugne tinha ido ao bar imaginando que eu teria notícias de Clara. Infelizmente não pude oferecer isso a ela.

Nem sequer passava pela minha cabeça que Clara pudesse ter feito algo assim. Minha esperança era que ela e Ethan tivessem se entendido e que ela estivesse satisfeita demais para sequer mencionar todo o lamento e a choradeira do sábado à noite. Mais uma vez, eu estava errada. Preocupadas, Ugne e eu combinamos de ir ao trabalho de Clara na tarde do dia seguinte.

Ela nos recebeu demonstrando o orgulho e a segurança de si com os quais estávamos acostumadas. Apesar do semblante sério, tratou-nos como boas amigas e preparou os cafés gelados que pedimos na ilusão de que assim quebraríamos o gelo.

— Estou sentindo falta de encontrar com você na nossa casa — comentei, mas sendo o mais honesta e sutil que pude.

Silêncio.

— Como você está? — perguntou Ugne. — Estamos preocupadas. Você não responde nossas mensagens. — Ela falava como se já tivéssemos montado um grupo de amparo, ainda que Clara não tivesse solicitado nenhuma ajuda.

Silêncio.

— Clara, nós somos suas amigas. Se você não puder contar conosco, com quem vai contar?

A resposta dela foi o oposto do que gostaríamos.

— Comigo mesma! — respondeu rispidamente. — Conversar não vai fazer o problema ir embora mais rápido. Eu fiz tudo o que tinha pra fazer. Minha consciência está tranquila. Agora é só esperar passar.

— Você é o mais próximo que tenho de uma família aqui. Por favor, não deixe que nossa amizade se torne menos expressiva por causa de decepções com outras pessoas. — Dessa vez, falei em português, na expectativa de conseguir expressar a intensidade da emoção que eu sentia.

Enquanto eu falava, ela olhava para o balcão, para o copo ou para suas próprias mãos, mas nunca para o meu rosto.

Ela sentia vergonha. Lembrava-se da noite de sábado.

Ugne não sabia de nada, mas percebi que ter ido ali com ela tinha sido um erro quando, ainda sem olhar para nós, Clara deu-nos uma espécie de ultimato:

— Preciso viver tudo isso sozinha. — Depois, empurrando as bebidas para nós, completou: — É por conta da casa.

Ela provavelmente achava que não apenas Ugne havia me contado o que acontecera no curso como eu partilhara com ela toda a confusão daquela desventurada madrugada, incluindo a investida de Clara.

Os dias seguintes foram repletos de solidão. Clara e eu não nos encontramos na casa. Eu via suas roupas limpas dobradas em cima da cama e os utensílios de cozinha secando no escorredor, e assim sabia que ao menos ela estava mantendo suas tarefas rotineiras em dia.

Por meses, comuniquei-me com ela passando bilhetes por baixo da sua porta. No início, eram recados que intercalavam mensagens motivadoras, demonstrando que eu gostaria que tudo voltasse ao normal conosco, e pedidos de desculpas, caso ela achasse que eu a estava forçando a algum tipo de contato.

Passei em frente ao trabalho dela em alguns dias, um tanto por sentir saudades da sua companhia e muito mais por estar alarmada com sua quietude. De longe, ela sempre me parecia bem, às vezes lendo um jornal, às vezes conversando com o senhor asiático ou servindo um cliente.

Com o tempo, minhas mensagens se transformaram em informativos, resumindo-se a coisas como "Fiz bolo de chocolate e ficou uma delícia. Deixei um pouco para você", "Posso lavar sua roupa essa semana, se você quiser" e "Tá passando um filme muito legal no cinema. O que acha de a gente ir ver?".

Nunca recebi resposta. Eu mesma tinha de recolher os recados e jogá-los no lixo, porque ela nem sequer tocava neles. Tudo que eu recebia dela era o valor exato da sua metade do aluguel, jogado em cima da pia no início de cada mês.

Nos domingos, eu visitava todo e qualquer ponto turístico de Washington. Fui a todos os museus. Passei dias inteiros na grama dos parques do National Mall, lendo, bebendo chá gelado e vendo crianças se divertirem em jogos de futebol americano. Durante a semana, eu andava de bicicleta pela cidade, sem rumo, enquanto esperava a hora de ir para o trabalho. E, como não poderia deixar de ser, tive minhas próprias melancolias com as quais lidar.

Pouco depois da visita de Christopher, recebi uma mensagem dele, e só a notificação com seu nome já me fez sentir outra vez o conhecido frio na barriga. Quando abri a mensagem, vi que era uma divulgação de algum tipo de festa temática que fariam no pub no final de semana seguinte e fiquei frustrada ao perceber que provavelmente havia sido enviada a todos os contatos.

Pouco depois, numa nova mensagem, ele pediu desculpas por ter me colocado numa lista de envio na qual eu não deveria ter sido adicionada. "Mas, já que você recebeu o convite, bem que poderia vir", sugeriu ele. "Não vou estar trabalhando. A festa é boa, e poderíamos curtir juntos."

Em meio à minha situação complicada com Clara e a uma das piores crises de TPM que tive enquanto morava nos Estados Unidos, não tive vontade alguma de responder.

Ao menos, as coisas iam bem no trabalho. Muitos clientes eram assíduos e, assim, acabei fazendo algumas amizades. As duas amigas que servi no meu primeiro atendimento voltaram muitas vezes e, com o tempo, ficamos cada vez mais próximas. Elas conversavam sobre os acontecimentos mais significativos de suas vidas no lugar onde eu passava a maior parte dos meus dias, e, aos poucos, incluíram-me nas conversas.

Eu sabia muito sobre elas e sobre vários outros clientes, mesmo aqueles não que iam ao bar com tanta frequência. Parecia haver algum tipo de relação especial entre cliente e *bartender*, que tive de entender sozinha, já que Emma não havia falado nada sobre isso. De alguma forma, as pessoas se sentem livres para compartilhar suas coisas mais íntimas com aqueles que enchem seus copos, ou, no meu caso, suas taças.

Numa das frequentes visitas, essas duas amigas perceberam que conversavam muito comigo, mas não sabiam nada sobre mim e pediram que eu falasse um pouco sobre minha vida. Esse foi um dos poucos dias de trabalho em que mais falei que escutei. Um *déjà-vu* me levou à primeira conversa com Charlie, em que ela me perguntou absolutamente tudo sobre a minha vida. Parecia ser a mesma espécie de interrogatório.

Contei o que elas precisavam saber: de onde eu vinha, quando cheguei a Washington, por quanto tempo pretendia ficar, em que bairro eu morava, como consegui aquele trabalho e o quanto eu gostava dele exatamente por escutar mais que falar. Expliquei também que queria voltar a estudar inglês.

Por coincidência, uma delas trabalhava na Universidade George Washington, onde era oferecido um curso gratuito de gramática e literatura inglesa, no qual bastava se inscrever e ter boa frequência para manter a vaga.

Ela mesma se encarregou da minha inscrição no curso. Na segunda-feira da semana seguinte, encontrei-a no subsolo de um dos muitos prédios da universidade, que ficava bem perto do Lincoln Memorial, para que ela me levasse até a sala onde eu teria meu segundo primeiro dia de aula naquele país.

Passei o outono e o inverno na mesma rotina: acordava relativamente tarde, frequentava o curso – que me tomava cinco horas por dia e acabou com meus passeios de bicicleta – e ia para o trabalho. Dormia praticamente o domingo todo.

Certo dia, mais ou menos um mês após o estranho convite para a festa no pub, vi Chris passar pela porta do Wine & Spirits. Depois de me cumprimentar com um sorriso sedutor, ele moveu seus cento e noventa centímetros e todo o seu charme para uma das mesas na entrada do bar. Emma estava trabalhando naquele dia e serviu duas taças de um vinho que ela mesma escolheu antes de sentar-se com Christopher para lhe fazer companhia.

A essa altura, ela já estava namorando outro cara, ainda que eu só soubesse pelo jeito como ela falava ao telefone, chamando-o de "querido", e por um mesmo homem encontrá-la no bar com alguma regularidade. Ela sempre ia embora com ele e me avisava que não voltaria mais naquele dia. Mesmo assim, não pude conter nem minha curiosidade nem o ciúmes que se apossaram de mim.

— O que diabos esse cara veio fazer aqui? — Lá estava eu falando comigo mesma outra vez.

"Mas, espera, o que eu tenho a ver com isso?", perguntei-me silenciosamente. "Eu mesma escolhi não responder o convite dele." Com um gesto, Emma pediu que eu servisse uma porção de queijos aos dois, e percebi que seria minha chance de compreender qual era o objetivo daquela visita.

Cinco minutos depois, aproximei-me da mesa com a tábua de queijos, tentando aguçar minha audição. Para minha decepção, Chris parou de falar assim que me viu e virou-se para mim.

— Quanto tempo, hein?!

— Desculpe, não percebi que tinha demorado tanto para trazer os queijos — respondi, seca. Quem ele achava que era para me repreender daquela maneira na frente da minha chefe?

Ele pareceu não compreender o que eu tinha falado e ficou em silêncio por alguns segundos enquanto eu reposicionava o vasinho de plantas e colocava a tábua de madeira na mesa.

— Ah! Não! Não estou falando dos queijos, estou falando de você! Faz tempo que não tenho notícias suas.

Cautelosamente, ele colocou a mão direita sobre minha mão esquerda, numa tentativa de amenizar o engano. Minha reação espontânea ao toque de sua mão grande e macia foi encará-lo nos olhos.

Foi a reação errada. Bastou meus olhos encontrarem os dele para que as borboletas se instalassem no estômago e ficassem ali pelo resto da noite. Senti um misto de desejo, curiosidade, vergonha e desprezo. Não consegui dizer nada e apenas procurei ter a reação mais natural possível.

— Nós temos um novo queijo *brie*. Você vai adorar! — Era o que eu dizia para todos os clientes que pediam a porção de queijos. Mais normal que isso era impossível.

Emma assistiu a tudo em silêncio. Surpreendentemente, não esboçou nenhum tipo de reação. Provavelmente, minha obcecada paranoia tinha dado importância demais a algo que foi totalmente comum.

O resto da noite correu tranquilamente. Emma foi embora um pouco antes do horário de fechamento, e, alguns minutos depois, Christopher se levantou e trouxe sua taça vazia até o balcão. Achei que estava apenas sendo educado, poupando-me o trabalho de ir até lá buscar, mas, contrariando minhas expectativas, ele se sentou numa das banquetas diante do balcão e pediu educadamente uma taça de um dos nossos vinhos mais baratos.

— Já provou esse? — perguntou, apontando para a taça que eu havia acabado de colocar em frente a ele.

— Experimentar faz parte do meu trabalho — respondi, sem dar muita abertura. Ao mesmo tempo, eu me questionava por que tentava afastá-lo se tinha consciência da atração que sentia por ele.

— É o meu preferido. Foi um dos primeiros vinhos que bebi. É produzido no estado em que nasci e passei a maior parte da vida. — Era como se ele estivesse falando sozinho.

Perguntei-me se ele, assim como quase todos os clientes, estava ali só para ser ouvido e não me dei ao trabalho de responder.

Por um bom tempo, o ambiente ficou silencioso. Finalmente, o último casal no bar pediu a conta e foi embora, deixando para trás apenas o ruído da porta fechando-se lentamente.

Iniciei as últimas tarefas do dia limpando as manchas de dedos nas taças que eu havia tirado da lava-louça. Christopher tragava o vinho, e eu polia o cristal. O silêncio era nossa única companhia, mas não era estranho, nem embaraçoso nem intimidante. Era só quietude.

— Eu estraguei tudo, né?

Pronto, agora ele se tornaria o típico cliente que afoga as mágoas em álcool e chora as dores com o *bartender*. Porra, por que acabar com o silêncio? Eu estava gostando do som do nada. Decidi, então, que ao menos eu me manteria assim.

— Eu achei que sendo honesto com você desde o começo ganharia sua confiança. Falei sobre Emma. Expliquei por que não fiz contato por tanto tempo. Esperei para falar com você de novo porque não queria ser inconveniente nem parecer desesperado. E quando achei que estava na hora, eu simplesmente não soube como fazê-lo. Até que enviei aquela mensagem sem querer, e achei que era a desculpa perfeita, mas você não respondeu. E aqui estou eu, evitando beber uma garrafa inteira para que você não tenha mais uma impressão errada sobre mim.

Não dava pra negar que ele sabia ser honesto. Mais uma vez, estava expondo todos os seus sentimentos abertamente. Dessa vez, até meu pouco tempo de silêncio pareceu ensurdecedor.

— O que você espera que eu fale? — questionei, dando início a uma discussão de um relacionamento que nem sequer existia.

— Sei lá, que está com outro cara, que não está interessada, que é por isso que está tão indiferente desde que vim aqui pela última vez.

Só consegui olhar para ele e balançar a cabeça em negativa.

— Então me diz o que eu fiz de errado que eu já não saiba.

Não consegui evitar o pensamento de que em cinco minutos de desentendimento com Christopher, um cara que eu nunca tinha nem beijado, tive mais informações sobre como ele se sentia do que nos últimos anos de namoro com Henrique. Era uma situação tão estranha que eu não sabia o que dizer.

Ele terminou de beber o vinho, apoiou os braços cruzados no balcão e abaixou a cabeça. Depois, foi como se tivesse aberto as comportas da represa da sinceridade.

— Eu te achei linda demais quando nós nos conhecemos no pub, mas não vou mentir pra você: na condição em que eu estava, não esperava que tivéssemos mais que um ou dois encontros descompromissados. — Então, suspirou como se achasse que estava falando bem mais do que deveria, mas continuou: — Aí você chegou no pub naquela segunda-feira e me surpreendeu com o abraço mais espontâneo e envolvente que recebi em anos. E eu me descontrolei em segundos. Fui tomado por uma descarga de impulsos, falei o que não devia e me arrependi de não saber me expressar no minuto em que você se levantou daquela mesa.

Eu o escutava atentamente, encostada no balcão, com a cabeça apoiada em um braço. Se não fosse isso, eu com certeza estaria boquiaberta.

— Foi por isso que acabei falando sobre Emma daquele jeito — continuou ele. — Alguma coisa dentro de mim me dizia que poderíamos ter algo muito especial, e eu não podia me comportar como se só quisesse um encontro ou dois. Mas aí eu te assustei... Claro! Quem não ficaria assustado com um papo daquele sobre a pessoa que seria sua chefe? Eu fiquei aterrorizado quando você foi embora porque entendi tudo que estava se passando dentro de mim. Compreendi que eu não estava bem emocionalmente, que eu não tinha tratado minhas feridas como deveria antes de me ver tão envolvido por você. Eu estraguei tudo.

Reconheci nele a expressão corporal que notei em Clara na última vez em que nos falamos. Sua cabeça estava abaixada; ele se dividia entre girar a taça em cima do balcão, mostrar as palmas das mãos e entrelaçar os dedos. Era pudor o que ele sentia.

Tive pena. Quis falar ou fazer algo para aliviar o que ele estava sentindo, mas me faltavam palavras, me faltou atitude. Sua sinceridade extrema e inesperada me paralisou e simplesmente não consegui reagir naquele momento.

— Eu não parei de pensar em você. Não vou mentir dizendo que não me relacionei brevemente com outras mulheres nos últimos tempos, mas não consegui parar de pensar em você. E isso é tão bizarro. Já passou tanto tempo. Você trabalha com minha antiga namorada. Seu comportamento já deixou claro que você não tem mais interesse, mas ainda assim eu continuo aqui, falando abertamente sobre como me sinto.

Nesse momento, descobri o quanto a vulnerabilidade de alguém por quem tenho apreço pode me abater. Fraquejei. Senti meu vigor se esvair e as borboletas voltarem a se instalar no meu estômago, dizendo-me que ouvir aquilo tudo era, de alguma forma, bom, um tipo de recompensa que eu gostaria de ter diariamente.

Por outro lado, a dor que latejava nas minhas têmporas sugeria que as borboletas não eram o suficiente para entrar nessa. Eu sabia que meu travesseiro me roubaria noites de sono com qualquer decisão que eu tomasse, então resolvi respondê-lo com a mesma sinceridade que ele havia demonstrado.

— Agora quem se sente perdida e descontrolada sou eu. Quando conheci você, eu estava pronta para qualquer tipo de relacionamento que pudéssemos ter, mas seu sumiço me fez enxergar que talvez eu estivesse forçando a barra para superar logo meu passado. Quando você reapareceu, tive certeza disso. — Meu discurso não me pareceu tão bonito quanto o dele. Eu não havia ensaiado e, em meio ao nervosismo e ao desconforto, faltou-me vocabulário naquele idioma que eu ainda estava aprendendo. — Você não fez nada errado. Nem mesmo o que pensa que fez. Eu fico desconcertada quando te vejo. É como se um ímã me atraísse para você e eu precisasse lutar muito contra ele, mas não posso alimentar um vínculo sabendo que não estou pronta para não transferir para você traumas que são meus. Isso não é certo. Você esteve nessa situação, você sabe disso.

Ele ficou em silêncio. Já passava das duas horas da manhã. O bar já deveria estar fechado. Só consegui me mover minutos depois, quando ele anunciou que estava de saída.

Eu gostaria de ter oferecido um abraço, de ter explicado o quanto eu gostaria que ele não ficasse chateado. Queria ter falado que podíamos ser amigos. Mas eu não estava preparada nem mesmo para tê-lo por perto. Então, deixei que ele fosse embora, desejei que não voltasse tão cedo e levei todas as minhas neuroses para casa.

Nessa noite, o travesseiro fez o papel de uma amiga ainda mais íntima que Helena. Revivi nosso diálogo diversas vezes. Digeri cada palavra dita por ele e remoí cada sílaba dita por mim. De tempos em tempos, eu sentia minha face queimar de vergonha ao notar um erro de pronúncia ou gramática.

Mas não me arrependi do que disse a ele em nenhum momento, nem naquela noite nem nas noites de insônia que se seguiram. E ainda não me arrependo, principalmente sabendo que esse foi um passo importante em direção ao meu futuro.

Meses e meses se passaram. O outono se encarregou de cobrir a cidade de folhas enquanto eu gastava meu tempo entre as aulas na universidade e o trabalho no Wine & Spirits. Em dezembro, minha rotina se tornou exaustiva. A chegada do inverno e do clima natalino me fez sentir falta de casa.

Eu falava com meus pais com frequência, mas tentava não demonstrar meu recente descontentamento com a vida fora do Brasil, pois eles faziam pressão para que eu voltasse desde meu primeiro dia em Washington, e qualquer sinal de fraqueza os tornaria ainda mais persuasivos. Também tinha perdido boa parte do contato com Luís, Anne e Bela, especialmente durante sua visita ao Brasil.

Quando os feriados de Natal e Ano-Novo chegaram sem que Clara voltasse a falar comigo, percebi o quanto eu estava sozinha naquela cidade. Diferente do que acontecia no curso, os alunos da universidade não se preocupavam em socializar. Eles estavam focados demais para perder tempo com conversas fúteis. Chegavam, assistiam à aula e iam embora. Às vezes, eu até encontrava algum deles esperando o começo da aula. Num desses encontros, passei tanto tempo encarando a pessoa, esperando que ela me olhasse e eu pudesse ao menos acenar e dar início a algum tipo de contato, que ela se levantou e foi embora dali. Na sala de aula, ela nunca mais sentou-se a menos de três cadeiras de mim. Deve ter pensado que eu era maluca. Talvez querer criar vínculos num mundo de pessoas tão ocupadas e focadas nas suas próprias coisas fosse mesmo uma maluquice.

Decidi esquecer a solidão faxinando o apartamento. Quando minha lista de coisas a limpar, lavar e lustrar chegou ao fim, preparei uma fornada de cookies e usei essa desculpa para visitar Dex, mas ele, como todas as pessoas que têm família e amigos próximos, não estava em casa.

Resolvi, então, faxinar o W&S. Não abriríamos o bar nos próximos dias, mas, como a chave estava comigo, gastei minha energia esfregando cada canto daquele lugar. Por uma semana, só comi os cookies que eu havia assado. Eu não me considerava uma boa cozinheira, mas tinham ficado tão deliciosos que dava pena jogá-los fora.

No terceiro dia, quando eu já estava enjoada dos tais cookies e esperava não repetir a receita tão cedo, passei em frente a uma loja de utensílios de cozinha onde também eram ministrados cursos de culinária. Eu já tinha passado muitas vezes por ali, mas só soube dos cursos porque, dessa vez, um belo cartaz avisava que as inscrições estavam abertas e que as novas aulas teriam início em meados de janeiro. O excesso de cookies no meu organismo me dizia que eu precisava seriamente me inscrever naquele curso.

Conversei com Emma, que permitiu que eu chegasse mais tarde às terças e quintas, e assim garanti minha vaga na escola de culinária. Comecei o curso na penúltima semana de janeiro, e, na terceira aula, vi um rosto familiar juntar-se ao nosso grupo de *chefs* amadores.

Demorei algumas aulas para recordar onde já tinha visto aquele rosto, e só numa sexta-feira, voltando para casa depois do trabalho, um clarão surgiu nas minhas lembranças.

— É o Erick! O comissário de bordo! — exclamei para mim mesma, rindo, enquanto o vento frio batia com força no meu rosto.

Entendi por que eu me lembrava dele vagamente enquanto ele jamais havia demonstrado lembrar-se de mim. Obviamente, ele não se lembraria de uma entre tantas passageiras que já estiveram num voo em que ele trabalhou. Eu mal podia esperar que a próxima aula chegasse para que eu pudesse me reapresentar àquele que havia sido o meu primeiro contato com alguém nos Estados Unidos.

Para a minha surpresa, Erick disse que se recordava de mim e de termos passado quase metade do voo conversando, mas admitiu que dificilmente me reconheceria se eu não tivesse tomado a liberdade de me apresentar novamente.

— Pelo que eu me lembro, você tinha o cabelo bem mais curto — explicou.

— É verdade. Não cortei desde que cheguei aqui. — Eu ainda não tinha coragem de entregar minhas madeixas a um cabeleireiro qualquer. E não era como se sentisse necessidade de cortá-las.

Erick também me contou que tinha tirado um ano sabático.

— Como você deve imaginar, viajar não está nos meus planos. Só quero fazer as coisas de que gosto, me sentir um nativo por aqui e passar o máximo de tempo possível na minha casa.

Nas nossas conversas seguintes, ele explicou que trabalhar viajando parecia muito glamoroso para os outros, mas a verdade era que ele se sentia como um cigano.

— É impossível ter um relacionamento. A gente nunca está presente nas datas importantes e acaba, involuntariamente, vivendo para o trabalho. Sem dizer que eu era um hóspede na minha própria casa. Quem sabe agora não me torno um *chef* e nem preciso voltar para minha antiga profissão? — Ele falava com um sorriso sarcástico, mas pude sentir a ambição no seu tom de voz.

Com o avançar das aulas, ficamos cada vez mais próximos. Partilhávamos receitas e trocávamos opiniões sobre os pratos que preparávamos. Fizemos nossa primeira massa juntos e nos orgulhamos quando ela foi elogiada pelos outros alunos do curso. E, então, Erick sugeriu que repetíssemos a experiência num jantar no sábado seguinte.

— Ah, Erick, eu trabalho à noite. Tenho chegado mais tarde no trabalho só para fazer o curso.

— Ok, então vamos marcar um almoço na sexta-feira? — Mal havia passado um mês do seu ano sabático, e ele já estava reclamando do tédio que sentia.

— Também faço um curso de inglês durante o dia, que tem me esgotado como poucas coisas fizeram até hoje, mas estou livre no domingo! — E assim marcamos um jantar; ele levaria os ingredientes e eu compraria o vinho.

Como tinha sido marcado, ele bateu na minha porta às dezesseis horas. Depois de muito tempo esticando a massa, na esperança de conseguirmos transformá-la num ravióli de espinafre, conseguimos provar o resultado do nosso trabalho. Com a boca cheia, Erick fez uma boa sugestão:

— Estive pensando numa coisa... E se eu ajudasse você com as aulas de inglês? Poderíamos nos encontrar nos dias em que não temos curso de culinária e dar andamento ao que quer que estejam estudando.

— Veja só você... Entediado a ponto de se oferecer para tal sacrifício! — brinquei. Talvez ele fosse apenas um bom samaritano. — Acho que esse trabalho todo não combina muito com um ano sabático.

— Pois você se engana. Um ano sabático também envolve ajudar os mais necessitados. — Não era sarcasmo nem zombaria, mas puro senso de humor.

Desde minha chegada, eu havia notado duas características comuns à maior parte dos moradores de Washington, que me chamaram ainda mais atenção quando passei a morar num dos bairros com mais estudantes e jovens adultos em ascensão profissional. Todas as pessoas naquela cidade me pareciam solícitas e extremamente bem-humoradas.

Lembro-me até de ter ficado confusa quando uma população tão prestativa com o próximo, incluindo imigrantes como eu, elegeu um presidente tão rígido e conservador, mas Erick me explicou, durante um dos nossos muitos papos sobre política, que Washington havia sido uma das cidades em que o presidente havia conseguido o menor número de votos.

Na minha primeira semana na cidade, quando ainda não havia memorizado o valor de cada moeda, entreguei um monte delas a uma simpática jovem que operava o caixa de uma cafeteria, solicitando que ela mesma separasse o valor necessário para pagar o café, o que ela fez sem pestanejar. Essa foi a primeira de muitas demonstrações de zelo e cuidado com o bem-estar do próximo que eu experimentaria ali.

Eu vinha de São Paulo, uma cidade bem maior que Washington, onde, durante anos, eu havia cruzado com inúmeras pessoas cheias de dedicação e bom humor, mas não era incomum encontrar prestadores de serviço desinteressados, mal-humorados ou infelizes. Em Washington, a frequência com que isso acontecia era infinitamente menor.

Notando que a oferta de Erick era sincera, e animada com a ideia de ter sua companhia todos os dias, aceitei a proposta. Além disso, eu estava cansada das formalidades do ambiente acadêmico e poderia aproveitar mais meu tempo na cidade se não passasse cinco horas por dia dentro da universidade. Na nossa primeira aula, contei a ele como foram meus dois cursos de inglês. Nossa pretensão era unir os melhores pontos de um e do outro.

Começamos com o livro de estudo que eu estava utilizando na universidade, mas logo depois, sem perceber, já fazíamos nossas aulas em galerias, jogos de baseball e até com uma visita breve a Nova York durante um feriado nacional. Outras vezes, íamos à Dog Tag Bakery, uma cafeteria que eu julgava ser o lugar mais elegante e descontraído do bairro, decorada com cartazes dos anos 1950, cadeiras revestidas de couro vermelho, luminárias modernas e um grande lustre. Para mim, aquele lugar tinha a mistura perfeita, que eu gostaria de imitar caso chegasse a planejar minha própria sala de jantar.

Não demorou muito para que eu e Erick passássemos a nos ver todos os dias. Quando ele descobriu que eu havia completado um ano em Washington, apareceu de surpresa no W&S e comprou uma de nossas melhores garrafas de vinho para comemorarmos. Eu não quis desapontá-lo dizendo que eu já estava em solo americano havia bem mais que trezentos e sessenta e cinco dias, aproveitando o momento para me dar conta de quanto tempo havia passado desde minha chegada.

E, então, as aulas viraram um clube de literatura e de cinema. Combinávamos de ler os mesmos livros e passávamos vários encontros imaginando o que viria pela frente na história ou analisando determinados personagens. Em outras circunstâncias, íamos ao cinema ou tirávamos toda a tarde de sábado e de domingo para assistir a filmes, discutindo outros finais possíveis para as histórias.

Em pouco tempo, nós nos tornamos melhores amigos. Ele compartilhava seus casos comigo, e eu abri meu coração para ele. Quase não havia mais segredos entre nós quando, um dia, ele sugeriu que eu e um de seus amigos formaríamos um belo casal.

— Podemos planejar um encontro duplo. Faz tempo que quero sair com um carinha que conheci no Tinder, mas ainda não consegui perceber se ele é ou não algum tipo de psicopata. Pode ser uma boa ideia, já que, caso ele seja mesmo uma espécie de maníaco, terei dois amigos para me proteger. — Não era uma sugestão, mas o convite de alguém que já tinha tudo planejado.

Na data marcada por Erick, eu me vi sentada em uma mesa para quatro pessoas, com um copo de cerveja como acompanhante, aguardando o início do que seria meu primeiro e último *double date*. Eu havia passado o dia curtindo as programações do Cherry Blossom Festival, o segundo de que participei em Washington. Poucas coisas que já vi foram tão lindas quanto os parques coloridos em vários tons de rosa.

A febre com o desabrochar das flores era tamanha que contagiava também as lojas de lembrancinhas turísticas, nas quais tudo, de chaveiros a moletons, passava a ter como estampa as pequenas flores das cerejeiras. Eu não conseguia imaginar alguém comprando algo tão cafona quanto aqueles moletons até presenciar o desfile característico do festival e ver dezenas de turistas asiáticos, com suas máquinas fotográficas penduradas no pescoço, empolgados com a americanização de algo tão típico de suas terras. Se aquelas pessoas viajavam meio mundo para assistir a um fenômeno que acontece no seu quintal, acho que elas não hesitariam em comprar lembrancinhas.

Os moradores de Washington adoram desfiles. Para eles, qualquer coisa é motivo para organizar paradas, até o florescer das árvores. E também adoram treinamentos para situações de ataque ou pânico generalizado. Às vezes, as sirenes do prédio da universidade tocavam e era necessário que todos saíssemos do local com calma, treinando para uma possível tragédia naquele edifício ou na cidade inteira.

Em outra oportunidade, vi um aviso num jornal de que, em algum dia daquela semana, haveria uma prática de evacuação na região mais próxima da Casa Branca, simulando situações de ataques aéreos. Fiquei apavorada com a simples impressão das palavras "ataques aéreos" na capa de um jornal.

— Esses exercícios existem exatamente para que as pessoas não fiquem nesse estado de terror — explicou-me Emma, com calma, como se soubesse que poderíamos ser bombardeados a qualquer dia, mas tivesse certeza de que tudo ficaria bem se seguíssemos o protocolo.

— Mas, Emma, eles estão falando de bombas! Bombas reais! Se algum dia acontecer, e tomara que nunca aconteça, não sobrará ninguém para seguir protocolo algum. — Eu continuava soando enlouquecida, mas Emma apenas deu de ombros como quem diz "fazer o quê?".

O patriotismo dos norte-americanos estava impregnado em cada monumento, estátua e construção daquela capital. Eu o notei inúmeras vezes. Havia até residências ostentando bandeiras do país. Mas, para mim, a reação tranquila de Emma, seu dar de ombros, foi a demonstração mais significante do quanto aquelas pessoas estavam dispostas a dar a vida pelo país. Nem mesmo o funeral de um soldado que presenciei numa visita ao cemitério de Arlington, com todo o ritual – cavalos, bandeira sobre o caixão, banda fúnebre e soldados perfeitamente uniformizados empunhando armas enquanto marchavam orgulhosos –, me tocou tanto quanto o desdenho de Emma.

Até o restaurante que Erick havia escolhido para sua tentativa de nos desencalhar servia como um bom exemplo de quanto a cidade valorizava sua história e suas conquistas, mesmo banhadas a muito sangue dos seus próprios cidadãos. O nome do lugar era The Founding Farmers, um trocadilho claro com *the founding fathers*, nome dado aos líderes que assinaram a Declaração de Independência dos Estados Unidos e redigiram a constituição do país que se tornaria a maior potência político-econômica mundial.

Erick e seu pretendente não demoraram muito para chegar, e logo notei que o desconhecido não parecia tão lunático quanto Erick havia sugerido.

Era um rapaz jovem, de vinte e sete anos, e usava uma camisa azul-marinho com pequenos unicórnios brancos e uma calça cáqui, acompanhadas de um cabelo extremamente bem penteado. Estava na cara que ele era vaidoso e gostava de estar na moda. Era o primeiro pretendente de Erick que eu conhecia, mas já me dava a impressão de fazer totalmente seu tipo.

Erick nos apresentou e trocamos apenas algumas palavras antes que eu notasse um homem alto, de cabelos escuros, barba e ombros largos, confortável em camisa e calças pretas, caminhando em nossa direção mais rápido do que eu gostaria.

— Puta que pariu, é o Chris! — É claro que nem Erick nem seu pretendente entenderam meu desabafo repentino em português, mas se viraram para a direção em que eu olhava.

"O que diabos esse cara está fazendo aqui?", perguntei-me. "E por que maldição ele se sentiu na obrigação de vir falar comigo?"

Senti todos os músculos do meu corpo tremerem. A cada passo que ele dava, eu percebia minhas pernas mais bambas.

"Esse cara vai acabar com meu encontro!", pensei. "Não precisa ser educado nem vir falar comigo. Não tem problema algum fingir que nunca me viu na vida...". De alguma forma, eu esperava que ele pudesse ler minha mente ou, ao menos, minha expressões faciais de desespero.

— Ei, Christopher! Atrasado como sempre! — Erick se levantou para cumprimentá-lo e apresentá-lo ao pretendente. Todos se cumprimentaram em segundos, e, quando chegou minha vez de ser apresentada, não consegui despregar a bunda da cadeira. Meu estado de choque só me permitiu apertar a mão dele enquanto sentia meu rosto ferver, como se eu tivesse colocado a cabeça dentro de um forno ligado a duzentos e vinte graus.

"Que tipo de pegadinha é essa?", pensei enquanto Christopher explicava a Erick que já me conhecia.

— Somos amigos de longa data.

"Será que ele sabia que a amiga de Erick era eu?", perguntei-me. "Será que ele sabia que viria se encontrar comigo?"

O único segredo que eu não havia dividido com Erick fora a confusão emocional em que me metera com Christopher, porque passei a considerá-la passado no momento em que me livrei de toda a paranoia. Aqueles acontecimentos tornaram-se tão ultrapassados que sequer quis tocar no assunto novamente. Sem falar que todo o dramalhão com Henrique e com Clara já era desgraça suficiente para Erick.

— Ah, é? E como é que ninguém nunca me falou? — comentou Erick, surpreso. — Como foi que isso aconteceu? — Ele se apressou em se atualizar, e pude ver que Chris também não sabia que seria comigo seu encontro naquele dia.

Eu continuava petrificada no meu assento.

— É uma longa história — respondeu Chris. — Vamos deixá-la para outra oportunidade. Acho que hoje podemos nos concentrar na única pessoa nova nessa mesa. O que você acha?

Christopher parecia manifestar seu instinto protetor. Será que queria saber mais sobre o cara do Tinder para ter certeza de que Erick estaria seguro ou estava mudando de assunto para não correr o risco de que eu sumisse da minha cadeira como um ninja bem-treinado? Talvez ele apenas não quisesse falar sobre o assunto, assim como eu.

Para minha sorte, o candidato a namorado de Erick era eloquente e prolixo. Ele se considerava um artista, apesar de ainda não conseguir viver de sua arte. Era músico e tinha páginas e páginas de poemas escritos em casa. Fantasiava sobre ser muito famoso e publicar seus poemas para que os fãs conhecessem seu verdadeiro eu.

Os três falavam sem parar, e eu escutava fingindo prestar atenção. Meu olhar estava fixado no rapaz, mas o foco estava na minha visão periférica, que abrangia todo o espaço que Christopher ocupava ao seu lado.

Chris se mostrou um cavalheiro durante todo o jantar. Não foi invasivo, menos ainda intimidador. Neutralizou o desconforto que notou em minha expressão corporal sendo amigável e contido sempre que a conversa se voltava para mim. Deixamos o restaurante depois de algumas horas de uma noite que, ao contrário da minha expectativa, havia sido muito agradável. Na volta para casa, revivi várias vezes meu susto ao ver Christopher. Como podia existir um cara tão distinto, gentil e lindo?

Nos dias seguintes, quando Erick me questionou sobre como eu e Christopher nos conhecemos, repeti que era uma longa história que não vinha ao caso naquele momento, mas a verdade é que eu torcia para receber uma mensagem de Chris e havia decidido que só contaria a história a Erick quando tivesse cenas do próximo capítulo. Não queria incomodá-lo com meus devaneios.

Acreditei por dias que ter me visto novamente causaria algum tipo de nostalgia incontrolável em Christopher, que acabaria por me procurar de alguma maneira. Esperei ao menos que ele dissesse algo a Erick e ouvi atentamente cada palavra que ele dizia na tentativa de perceber sinais ocultos de algum recado sutil dado por Chris. Não que isso fosse preciso, já que Erick estaria eufórico se Christopher tivesse dito que continuava interessado em mim.

Não tive nenhum sinal em semanas, e agora quem não conseguia tirá-lo da cabeça era eu. Queria notícias suas. Sabia que ele continuava solteiro, mas será que ele ainda pensava em mim como alguém com quem ter um compromisso a longo prazo, como ela havia mencionado naquela noite? Ou toda a minha sinceridade havia acabado com tal desejo? Por que eu estava novamente tão obcecada por um cara que eu mesma dispensei? Eu me sentia pronta? Eu sentia meus ossos doerem só de pensar numa possível resposta negativa a todas essas perguntas.

Ao mesmo tempo, cogitava a possibilidade de só estar me sentindo tão atraída novamente por, de certa forma, estar sendo rejeitada por ele. A ausência de Erick, que passava cada vez mais tempo com o músico com bom senso de moda e menos tempo em nossos encontros na cafeteria, também não me ajudava muito.

A sensação de isolamento voltou a crescer a cada dia. Eu me sentia mais carente que o normal, como não havia me sentido desde minha última e pior briga com Henrique. A saudade de casa era constante. Por vezes, eu me pegava visitando lojas de produtos brasileiros apenas para ter um gostinho de casa.

Instintivamente, Chris parecia ser uma solução para todos esses problemas. Como eu tinha dado o ultimato no nosso último encontro, entendi que teria de ser eu quem voltaria atrás. Preparei-me por dias, mas, ainda assim, quando digitei uma mensagem para ele numa manhã de domingo, meus pés e mãos suavam. "Será que você está livre para me encontrar hoje à noite?", escrevi. Deixei o celular no quarto e fui tomar um banho na esperança de que isso desse a ele tempo suficiente para visualizar e responder minha mensagem.

Eu não queria parecer impertinente, menos ainda insistente. Queria que ele soubesse do meu interesse em vê-lo, mas ficasse intrigado quanto ao motivo. Achei que tinha conseguido, embora o quê de mistério parecesse não ter sido tão instigador assim, já que quando saí do banho notei que ele não havia respondido.

As horas daquele domingo pareceram demorar anos para passar. Tomei café. Li. Vi um episódio de quarenta minutos da série *How to Get Away with Murder*. Almocei. E só quando já pensava no que eu comeria como sobremesa vi meu telefone vibrar com a resposta de Christopher: "Desculpe, acho que dormi mais do que deveria. Tô livre às sete horas. Topo qualquer lugar que não seja meu pub."

Eu tinha tudo calculado e já havia escolhido o lugar antes mesmo da resposta dele. Meu plano B, caso ele não respondesse, era ir para o mesmo lugar e me embebedar até sentir o gosto do desprezo se dissipar.

"Rebellion. Fica na T St. com 18 St. NW, sete horas, temos um encontro!", digitei.

Aquilo estava mesmo acontecendo. Não tinha como voltar atrás agora. Depois de todo aquele nervosismo e aquela insegurança, eu não poderia chegar ao Rebellion sem estar preparada para tudo que pudesse acontecer.

Passei a tarde me preparando psicologicamente. Estar com a mente sã e livre de fantasmas naquele dia me parecia muito mais importante que hidratar o cabelo e pintar as unhas. Considerei e explorei todas as possibilidades. Ponderei o dano que o desprezo dele causaria em mim, caso ele propusesse sermos apenas bons amigos. Analisei tudo que poderia acontecer se nossos sentimentos fossem recíprocos. E, então, pensei em Henrique. As borboletas na minha barriga se transformaram em socos no estômago e a culpa se apossou da minha sanidade.

Eu tinha chegado a esse ponto, em que compreendia que estava me sentindo carente e solitária. Ansiava pela companhia de Christopher, querendo mais que uma simples amizade, mas me sentia culpada por deixar Henrique para trás. Na verdade, ou eu me sentia culpada por não agir de acordo com meus desejos ou me sentia culpada justamente por fazê-lo. Continuar vivendo assim era abrir caminho para que o pânico se apossasse novamente de mim, e esse era um risco que eu não podia correr.

Andando de um lado para outro dentro do meu quarto, diante da janela com vista para o canal Ohio, iniciei um monólogo em claro e bom som, imaginando estar contando a Henrique como realmente me sinto. Na angústia de não escolher as palavras certas, passei a escrever no verso de uma folha que havia muito estava empilhada no chão junto a apostilas e livros colecionados por mim ao longo do último ano.

"Pois viver deveria ser –
até o último pensamento
e derradeiro olhar –
transformar-se."

Lya Luft

Eu não sei quanto tempo faz. Deixei de contá-lo há muito. Só sei que passou tempo suficiente e que eu já deveria ter me desvencilhado da mágoa e da tristeza de perceber que não deu certo. Infelizmente, parece que isso ainda não aconteceu.

Eu amei você, Henrique, como nunca serei capaz de amar alguém novamente. Eu me entreguei de corpo e alma e fiz tudo para ser a melhor mulher para você, a melhor companheira, para ser suficiente, mas falhei miseravelmente.

Porque eu te amava, fui negligente e condescendente. Ignorei muitas coisas às quais eu deveria ter dedicado mais atenção. Eu aceitei todas as suas desculpas e dei todas as chances para sua individualidade, e isso faz com que eu me sinta cúmplice do que aconteceu com você.

Ainda não posso dizer que perdoei a mim mesma ou ao inconsequente que atropelou você e fugiu sem prestar socorro. Se eu tivesse perdoado, não estaria remoendo esses fatos até hoje.

Você ainda é o amor da minha vida, e não vejo possibilidade de algum dia deixar de ser. Eu sinto muito por não ter sido suficiente para você. Lamento ter criado expectativas que você nunca podia alcançar e ter enxergado você como eu gostaria que fosse, e não como você era. Lamento não ter percebido o quanto já estávamos distantes antes mesmo da tragédia que nos separou abruptamente.

Eu sofro todos os dias, até hoje, lamentando o fim que tivemos. E sofro mais ainda com a certeza de que não há retorno. Com o tempo, aprendi a lidar com a angústia e entendi que provavelmente não teríamos conseguido consertar nosso relacionamento. Tento enxergar os fatos de uma maneira diferente, acreditando que você pode apenas ter chegado ao fim da sua missão, e talvez sua missão tenha sido exatamente me salvar do mal que eu poderia ter feito a mim mesma.

E hoje estou escrevendo para você porque meu sofrimento precisa ter ponto-final, e nada me parece melhor para isso que palavras escritas, já que elas foram nossa primeira paixão em comum.

Eu estou presa a você e sozinha por escolha própria. Mantenho-o vivo e presente na minha vida, mesmo que você não esteja comigo, mas isso só me atrasa, só me machuca e não me deixa seguir em frente.

Então, hoje, eu escolhi aceitar que infelizmente não deu certo, que falhamos, que as coisas não foram como eu quis e que querer, sozinha, foi o que me trouxe até esse ponto. Hoje vou derramar as últimas lágrimas de lamentação, aqui, agora, e vou me referir a você e eu como "nós" pela última vez.

Eu preciso viver o presente. Preciso aceitar que o amor da minha vida acabou. Preciso entender que meus sonhos com você não vão se realizar. Esse é o primeiro passo. Depois, espero poder pensar em você sem mágoa, sem rancor, apenas com o carinho que sinto por você agora.

Muito obrigada por tudo que você foi pra mim, por tudo que me proporcionou, por tudo que vivemos juntos. Obrigada por ser o amor da minha vida, por ter me permitido crescer tanto e vivenciar coisas que jamais imaginei e por ter me mostrado a grandiosidade desse amor.

Depois de escrever a carta, meu peito se encheu de complacência, e as lágrimas lavaram minha amargura. Eu nem tinha sentido o tempo passar, mas percebi que eram quase seis horas da tarde. Eu ainda precisaria de vinte minutos para ir de bike até o Rebellion, portanto só me sobravam alguns minutos para me arrumar e me trocar, agora de alma lavada.

O bar que escolhi era desordeiro e ruidoso em seu interior, mas tinha algumas mesas e cadeiras na entrada para quem quisesse ficar longe da música e preferisse apreciar o movimento na rua. Meu plano era sugerir que Chris escolhesse uma mesa e, com isso, julgar quais eram suas intenções. No turbulento ambiente interno, teríamos de tentar conversar por gritos, ignorando ao máximo o que o outro viesse a dizer. Se escolhesse o ambiente externo, demonstraria seu interesse na comunicação, num bom papo.

Assim que cheguei, já pude avistá-lo numa mesa para dois bem próxima à grade, na parte externa do bar. Enquanto prendia minha bicicleta, eu o vi dispensar uma garçonete que se aproximara. À distância, pude ler seus lábios dizendo: "Vou esperar uma pessoa antes de fazer o pedido".

Percebi que eu ainda tinha uma chance de desistir e ir embora. Vê-lo ali já amenizava a sensação de rejeição que eu sentia, e seguir com o plano significava reabrir espaço para uma possível indiferença.

Desisti da fuga quando notei o quanto meu coração estava leve. Era tão bom vê-lo e saber que ele estava ali atendendo a um pedido meu. Era tão satisfatório até mesmo imaginar que aquele homem poderia ser meu que não pude virar as costas e partir.

Pela primeira vez, não senti aquela mistura de medo e excitação ao me aproximar dele. Meu corpo tinha sido tomado por uma segurança que até então eu desconhecia. As pernas bambas se transformaram em passos firmes na direção dele. Eu me sentia derretida pelo calor que ele causava nas minhas entranhas e não queria nada mais que me jogar nesse fogo para ver o quanto ele poderia queimar.

Ele se levantou ao perceber minha aproximação, acenando para mim com a certeza de quem não tinha notado minha presença até aquele momento. Fiz menção de cumprimentá-lo com um aperto de mão e fui surpreendida por um abraço apertado.

— Faz tempo que guardo esse abraço para devolvê-lo a você. Parece que agora estamos quites — disse ele ao meu ouvido enquanto seus braços me envolviam como duas grandes garras.

Ao contrário do que eu poderia imaginar, ele não demonstrou nenhum sinal de aborrecimento. Estava pleno e amável. Embora eu ainda não soubesse, esses dois adjetivos descreveriam exatamente como seriam meus dias dali em diante. Dei explicações a ele sobre as coisas pelas quais eu me sentia culpada, mas ele apenas deu de ombros, dizendo que estava feliz que tivéssemos deixado nossos desencontros no passado.

Também falamos sobre o quanto Erick parecia feliz em seu novo relacionamento, sobre o pub e sobre o Wine & Spirits, mas não sobre Emma, embora isso não fosse mais um problema para mim. Chris já sabia como eu e Erick havíamos nos tornado grandes amigos e me perguntou como iam as aulas de culinária, um assunto que eu ainda não havia abordado.

Quando a garçonete se aproximou novamente, ele pediu um hambúrguer, e eu, uma salada, e dividimos uma fatia de *cheesecake* na sobremesa. Depois, Chris fez questão de me acompanhar até em casa. Cruzamos a Pennsylvania Avenue enquanto ele me contava que havia morado por ali por bastante tempo antes de se mudar para um apartamento perto do pub.

Contei-lhe sobre Clara. Não a história toda, apenas que dividia o apartamento com uma amiga, mas que ultimamente não tínhamos tanta afinidade. A verdade era que ela já nem se dava ao trabalho de ficar tanto tempo fora de casa. Ultimamente, ela apenas se mantinha dentro do quarto, com a porta fechada, quando sabia que eu estava por perto. Chegávamos a nos ver. Em vários momentos, ela me cumprimentou amigavelmente e perguntou como eu estava, mas esse era o máximo de interesse que demonstrava.

Chris não foi convidado a entrar naquela noite. Já passavam das onze horas, e nós dois tínhamos compromissos no dia seguinte. Também não me pareceu que ele estivesse muito inclinado a entrar. Ou talvez tenha dado sinais tão sutis que não fui capaz de perceber.

Mas nós nos beijamos naquele dia. Pouco antes de eu lhe contar que havíamos chegado à minha casa, ele parou e me encarou como alguém que não sabia se estava ou não indo longe demais. Embora eu quisesse que ele me beijasse durante a noite toda, entrasse para conhecer meu quarto e não saísse mais da minha vida, a vergonha me consumia tanto que era tudo o que transparecia nas minhas expressões corporais.

Meu último beijo parecia ter acontecido décadas antes. Eu nem tinha certeza de como se fazia até chegar a hora do beijo em si. Acho que estava mais nervosa que o dia do meu primeiro beijo e ainda queria impressionar Christopher.

Enquanto eu esperava o momento certo de entrar em casa, olhava para ele com uma das mãos apoiada na minha bicicleta e o via se aproximar lentamente, mas meu embaraço não me permitiu ficar em silêncio.

— Você está chegando muito perto, né? — comentei.

Acho que atestar o óbvio foi o jeito que encontrei de confirmar para mim mesma o que estava prestes a acontecer. Ele não pareceu se incomodar com meu comentário desnecessário.

— Isso está te causando algum desconforto? — perguntou em meio a um sorriso capcioso.

Era óbvio o quanto eu estava adorando aquilo, mesmo acanhada demais para agir naturalmente. Sorri e abaixei o rosto antes de mentir:

— De maneira alguma.

Então, ele me deu um longo abraço e passou a mão direita pelos meus cabelos. Por um instante, achei que aquele não seria o dia do nosso primeiro beijo, mas então ele foi se aconchegando no meu ombro e colocou meus cabelos atrás da orelha. Beijou minha bochecha. Aproximou-me ainda mais do seu corpo.

Eu sentia todos os pelos do meu corpo se arrepiarem enquanto sua barba roçava levemente na minha pele. Meu coração pulsava como se eu estivesse correndo perigo.

Ele segurou meu rosto com as mãos e me olhou nos olhos. Nossas bocas estavam a menos de um centímetro de distância. Era como se ele ainda procurasse algum tipo de aprovação. A espera estava me matando, então eu o beijei.

Meses de desejo foram saciados naquele momento. Sentir seus lábios nos meus foi a confirmação de que toda a desordem emocional e os desencontros tinham valido a pena. A melhor época da minha vida estava para começar.

Ele se despediu depois do beijo, agradeceu pela companhia e tomou seu rumo. Mal entrei em casa, recebi uma mensagem dele no meu telefone.

"Durma bem."

"Você também", digitei, perguntando-me se deveria incluir uma indireta, qualquer coisa como "espero te ver novamente". Na dúvida, enviei apenas o que já estava escrito.

A reciprocidade e a leveza de Chris durante todo o tempo que havíamos passado juntos me davam esperança, mas também inseguranças. Por isso, prometi a mim mesma que não alimentaria expectativas dessa vez e segui meus dias como se nada tivesse acontecido. Com exceção do meu sorriso bobo ao me lembrar da noite de domingo, nada mais entregava que algo havia acontecido.

Na segunda-feira à tarde, fui até a Dog Tag para mais um dos meus encontros com Erick, que ainda chamávamos de aula, mas, na realidade, não havia mais tanta coisa a ser ensinada ou aprendida. Ele me contou que havia apresentado o novo namorado aos pais naquele final de semana, e estava tão empolgado com isso que sequer se lembrou de me perguntar o que eu havia feito.

Fizemos a mesma coisa na terça-feira e na quinta-feira. Ele não parecia ter tido contato com Christopher, e assim não precisei fugir do assunto do nosso encontro no domingo. Na sexta-feira à noite, pouco antes do horário de fechamento do W&S, Christopher passou pela porta sem aviso prévio.

— O que devo servir ao jovem cavalheiro? — perguntei ao vê-lo sentar-se na mesma banqueta onde havia se instalado quando o rejeitei meses antes.

— Se Vossa Senhoria me permitir acompanhá-la, estarei servido. — Existia algo em sua voz que o tornava ainda mais lindo.

— Mas sexta-feira não é um dos dias mais movimentados no pub? — Minha vaidade me pedia para ouvi-lo dizer que tinha vindo só para me ver.

— Aqueles bêbados podem se virar sozinhos. Há gente e cerveja suficientes por lá. Já eu tenho coisas mais importantes a fazer.

Então, quando tudo estava arrumado e pronto, saímos do bar. Eu virei para a direita, a caminho da minha casa, e ele virou para a esquerda.

— Onde você vai? — perguntei. — Minha casa é por aqui! — Fiquei um tanto indignada com sua falta de senso de direção.

— Ah, espera, não especifiquei, né?! Quando falei em acompanhá-la, era até a *minha* casa, não a sua. — O tom sarcástico insinuava que eu deveria ter adivinhado isso.

— Que tipo de truque é esse? Isso lá é maneira de convidar uma dama para conhecer seus recintos? — perguntei, séria e centrada. Primeiro, porque não esperava aquilo; segundo, porque assim poderia devolver a zombaria.

— Ah, não, me desculpe. Não quis ofender você. Era só uma brincadeira. Se você não estiver a fim, posso acompanhá-la até a sua casa. — Ele veio na minha direção enquanto tentava se redimir. Segurei o riso até ele chegar perto o suficiente para que eu pudesse encostar nele.

— A vida não será fácil se você continuar a ser sarcástico e não conseguir reconhecer quando estou brincando — comentei, apoiando a ponta do dedo indicador no seu peito.

A lua cheia nos acompanhou pelo caminho em direção à área central da cidade. Entre beijos apaixonados, eu me sentia mais e mais como uma adolescente embriagada de paixão, excitada por ter sido convidada a passar a noite na casa do cara pelo qual eu estava caidinha e nervosa ao pensar no que poderia acontecer quando chegássemos lá.

O apartamento de Chris ficava no terceiro e último andar de um prédio sem elevador, numa quadra não muito distante de seu pub nem da minha antiga escola de inglês. A decoração organizada e minimalista do *loft* mostrava muito da sua personalidade. As paredes eram pintadas num tom grafite.

Uma estante negra, de duas colunas, sustentava livros de vários tamanhos e cores. Muitos eram sobre cerveja, incluindo alguns manuais sobre como fazer cerveja artesanal. Havia alguns títulos famosos de ficção e suspense, e outros que ele dizia ter comprado anos antes só para impressionar uma garota que trabalhava como caixa numa livraria.

— Ela não deu a mínima. Nem mesmo minha suposta intelectualidade fez com que ela me desse seu telefone. Bom, pelo menos os livros combinaram com a decoração — disse ele enquanto tirava duas cervejas *long neck* da geladeira.

Ao lado da estante, ficava uma confortável poltrona com apoios largos para os braços e para os pés, ambos revestidos com uma imitação de couro preto. Um tapete felpudo num tom cinza se estendia da estante até a porta. Um painel de madeira pintado de preto ficava no lado oposto à poltrona, sustentando uma televisão instalada diretamente nele. Duas prateleiras estreitas ficavam um pouco acima, uma de cada lado da televisão, e amparavam duas luminárias em forma de pêndulo e um porta-retrato de moldura prateada com uma foto que parecia ser da família de Christopher.

— Você não parece receber muita gente aqui — comentei, notando um espaço vazio considerável, que parecia reservado para uma espécie de sofá-cama.

— Há anos aguardo uma visita da minha mãe — explicou ele. — Foi ela quem decorou o *loft*. Deixamos o sofá para depois porque ela não conseguiu escolher um, mas ela não veio mais me visitar para providenciar esse último item.

"Será então que o apartamento demonstra a personalidade da mãe dele?", perguntei-me. "Ou será que essa é só a visão que a mãe dele tem de quem ele é?"

— Quem sou eu para julgar? Faz um ano que me mudei para aquele apartamento e até hoje não comprei um sofá. Mas me conta uma coisa... Como seria sua casa dos sonhos? — perguntei enquanto ele me entregava a cerveja e achava um lugar confortável no tapete, apoiando as costas na parede. Sentei-me ao lado dele para ouvir a resposta que me diria mais sobre ele do que uma longa conversa poderia dizer.

— Plana. Espaçosa. Jardim amplo. Um apoio para um balanço suspenso. Cozinha americana. Uma pequena horta em vasinhos na janela da cozinha, com manjericão, hortelã e cheiro-verde. Um grande espaço com uma mesa comprida de madeira para receber os amigos. Três quartos. Duas crianças. Dois cachorros.

Ele era a primeira pessoa que incluía crianças e cachorros no projeto da casa.

— E, quando você visualiza essa casa, onde ela está localizada? Aqui? Na Austrália? Em algum outro lugar? — Estávamos sentados um de frente para o outro, e eu aguardava a resposta ansiosamente, mas ele disse que não fazia a menor ideia de onde seria essa casa. Era a primeira vez que pensava sobre aquilo e tinha falado o que lhe veio à mente. Então, expliquei a ele o motivo da pergunta, mas não antes de contar como seria minha casa perfeita.

Fora as luzes das luminárias acima da televisão, a única luminosidade vinha da lua e entrava por uma janela não muito longe de nós, em frente à bancada da cozinha. Aquele lugar tinha uma energia boa. Mesmo desconfortável, praticamente deitada no tapete e apoiando meus ossos no chão duro, eu me sentia em perfeita harmonia.

Christopher tinha o dom de me deixar à vontade com o tom íntimo que dava às nossas conversas. Era como conversar com um melhor amigo que eu acabara de conhecer, com a diferença de que, mesmo que passar o tempo conversando com ele fosse extremamente agradável, meu corpo esperava por mais. Meus hormônios tinham ressuscitado desde o nosso beijo quase uma semana antes. Só de pensar naquele momento, eu sentia calafrios, meus mamilos se enrijeciam e meu corpo se umidificava. Ali mesmo, enquanto ele falava, observando sua boca abrindo e fechando a cada sílaba, eu não conseguia evitar imaginar como seria transar com ele.

Depois de cada gole de cerveja, ele passava a língua pelos lábios e fazia minha imaginação atingir níveis libidinosos de um jeito quase incontrolável. Por anos não experimentei essas sensações, e, agora que minha psique tinha dado permissão para que elas florescessem novamente, era como se quisessem recuperar todo o tempo perdido de uma só vez. Eu não queria parecer atirada, mas acho que dei mais sinais do que eu gostaria só de pensar na possibilidade de transar com ele naquela noite.

Chris deitou-se ao meu lado no tapete. Ouvíamos uma banda *cover* tocar "For the Turnstiles", de Neil Young*, e a meia-luz fazia tudo parecer sexy demais. Ele me encarou por segundos que pareceram horas. Seu olhar penetrante me despia sem sequer se desviar dos meus olhos.

---

*. "For the Turnstiles", de Neil Young; Reprise/Warner Bros., 1974.

Eu o vi se aproximar e passar os dedos levemente pela minha cintura em direção às costas. Senti sua barba roçar meu queixo e meu pescoço. Reconheci seus lábios no lóbulo da orelha. Nenhuma palavra foi dita. Eu parecia me dissolver em suas mãos e sua boca enquanto sentia sua pele por baixo da camiseta.

Nós nos beijamos incansavelmente. Sem pressa, sem aflição, sem culpa. Tiramos nossas camisetas enquanto beijávamos o corpo um do outro. O corpo grande, os ombros largos, a pele branca e os pelos negros no peito tornavam Chris ainda mais atraente. Todos os meus pelos se arrepiaram com o simples toque do corpo dele no meu. Eu me contorcia sentindo a pressão do volume sob a calça jeans dele.

A esse ponto, já não existiam partes dos nossos corpos que não tivessem sido investigadas por nossos toques sedentos. Chris era viril e afável. Ele me olhava como um pedaço de mau caminho e me possuía como um *gentleman*. Oscilava entre me tomar com força e vontade e me tocar com uma delicadeza inigualável. Quem lhe ensinou isso merecia uma medalha de reconhecimento.

Dessa vez, guardei meus pensamentos para mim. Nada além do som da nossa respiração era necessário. Entreguei-me como gostaria de fazer desde o dia em que ele me acompanhou até minha casa. Examinei seu corpo como se quisesse que virássemos apenas um. Desejei senti-lo se mover dentro de mim durante a noite toda. Não demorou muito para que eu chegasse ao ápice. Ele sabia exatamente onde me tocar, como me pegar. A pressão e o peso do seu corpo sobre o meu me deixaram ainda mais arrebatada.

Ele observava meu êxtase com interesse e aprovação. Seus olhos brilhavam ao me verem ser satisfeita, e ele também não conseguiu se segurar mais. Senti-o deleitar-se enquanto seu corpo estremecia por inteiro e o contemplei enquanto retomava o fôlego, sentindo mais uma vez o prazer de ter aquele homem comigo. Sorri como uma boba analisando os traços do seu rosto.

Depois de pouco tempo, ele levantou-se como veio ao mundo, pegou uma água para mim e fez o segundo convite daquela noite, com um tom de insinuação irrecusável:

— Lá em cima é mais confortável. Não precisa se preocupar com suas roupas. Você não vai precisar delas. — Ele me ofereceu a mão para eu me levantar enquanto apontava com o queixo para as roupas jogadas pelo chão.

Subimos a escada de madeira com corrimão de ferro. A parte mais alta do *loft* só tinha espaço suficiente para uma cama de casal, uma arara de roupas e um pequeno banheiro. Repetimos a sessão enquanto tivemos energia para fazê-lo. Depois, dormimos profundamente até a manhã seguinte.

Quando acordei, antes que ele, perguntei-me por alguns segundos se eu não deveria ter ido embora na noite anterior, mas bastou eu me questionar mentalmente para que ele abrisse os olhos e sorrisse ao meu ver, acabando com o desatino que começava a surgir.

— Espero que você goste de café comum, porque é tudo que tenho para beber aqui — disse enquanto acariciava meu rosto. — Bom dia!

Mal sabia ele que café comum era um luxo perto do café solúvel que às vezes eu tomava.

A partir daquele dia, não nos separamos mais. Passamos a viver numa bolha que só nós conseguíamos suportar. Era como se estivéssemos num mundo paralelo onde só enxergássemos o outro em primeiro plano e um borrão ao fundo.

No início, eu o visitava no pub em alguns dias da semana, e, em outros, ele ia me ver no Wine & Spirits. Não demorou muito para que essas visitas passassem a ser noturnas e dormíssemos juntos periodicamente. Algumas vezes, Chris cruzou com Clara no apartamento, e ela demonstrou por ele o mesmo mínimo interesse que demonstrava por mim havia meses, mas também não criou caso com uma nova pessoa circulando pelo apartamento.

Nosso relacionamento era tudo que eu sempre tinha desejado e nunca acreditara ser possível. Ele era comunicativo e respeitoso. Sem nenhum tipo de conversa ou acordo, nós dois compreendíamos nossas individualidades. Não havia cobranças nem desacordos. Ele vivia a vida dele e partilhava os bons momentos comigo. Eu fazia minhas coisas e passava meu tempo livre com ele.

Nunca falamos sobre fidelidade ou namoro, simplesmente porque não foi necessário. De uma maneira não verbal, nós entendíamos o compromisso que tínhamos um com o outro e tentar classificar nossa relação não seria mais que um desperdício de tempo. Nós dois preferíamos usá-lo para nos conhecer melhor e nos divertirmos juntos.

Erick e Emma não apenas aprovaram nosso relacionamento como pareceram mais felizes que nós mesmos. Algumas semanas depois, contei o desfecho da história com

Christopher para Helena, e ela quase não acreditou no quanto o universo teve de se esforçar para nos juntar.

Christopher conheceu meus pais por Skype, num dia em que chegou ao apartamento enquanto eu conversava com eles, mas não pareceu nada intimidado por esse encontro a distância não planejado. Na verdade, ele praticamente se ofereceu para falar com eles. Ao perceber que eles não entendiam o que ele falava em inglês, me fez ensinar ali mesmo como dizer que era um prazer conhecê-los e que esperava ter a oportunidade de vê-los pessoalmente. Com um sotaque forçado, que mais parecia um texano falando português pela primeira vez, repetiu sílaba por sílaba pacientemente, com a feição de quem estava se esforçando para ser compreendido, e meus pais se mostraram compreensivos e acolhedores do outro lado da tela.

Já meu encontro virtual com seus pais e sua irmã foi bem mais planejado e formal. Escolhemos um domingo para almoçar "juntos", quando fui apresentada como namorada de Christopher. Diferentemente dos dias normais, a comida tailandesa que tínhamos comprado num restaurante que costumávamos frequentar estava servida em travessas arrumadas na bancada. Comemos e conversamos como adultos, embora, ao contrário do que possa parecer, a família de Christopher seja extraordinariamente bem-humorada e tão carismática quanto ele.

Os meses que se sucederam foram, sem dúvida, os mais felizes da minha vida. Apesar da rotina pacata que eu havia estabelecido naquela cidade e, posteriormente, com Chris, a presença dele sempre me trazia uma sensação de afago que só passei a entender depois de conhecê-lo.

Foram tempos serenos e fascinantes. Christopher sempre iluminava meus dias, fosse com uma mensagem, com um abraço ou com longos papos sobre metafísica. Era um prazer tão grande tê-lo por perto que até mesmo nossas discussões eram amáveis. Na verdade, a calma e a paciência de Christopher nunca o permitiam entrar numa briga. Ele era o típico homenzarrão que só tem tamanho. Por dentro, era emotivo e dedicado. Nossas discussões eram mais sugestões sobre como poderíamos melhorar nossa relação que qualquer outra coisa.

Vê-lo agir com tranquilidade e sensibilidade me fez entender que essa, sim, era a maneira certa de lidar com conflitos num relacionamento. Gentilmente. Carinhosamente. Mas foi difícil colocar isso em prática num dia em que Emma me liberou mais cedo e fui ao pub para encontrar Christopher, pronta para ter minha dose diária dentro da nossa bolha de amor impenetrável.

Quando cheguei, segui direto para o balcão e esperei enquanto ele atendia uma mesa com três mulheres. De longe, observei que elas se insinuavam para ele sem nenhum recato. Uma delas tinha colocado a mão em seu braço enquanto enrolava para decidir o que pediria. As outras duas riam e inclinavam um pouco a cabeça sempre que dirigiam-se a ele.

Christopher continuava tranquilo na sua função. Não desviou o braço, mas também não demonstrou que estava gostando da situação. Não era comum que ele atendesse clientes nas mesas; geralmente, ele ficava no balcão, repassando os pedidos de comidas para a cozinha e preparando as bebidas.

Antes mesmo de tentar descobrir por que ele estava atendendo aquelas mulheres, fui consumida por um ciúme sem medidas e dominada pelo sentimento de posse. Aquele era *meu* namorado! Quem elas pensavam que eram para se colocar entre mim e ele? Sem pensar duas vezes, aproximei-me dele como se tivesse acabado de chegar e o cumprimentei com um beijo rápido nos lábios.

Eu achava que assim demarcaria meu território e aliviaria minha raiva, mas estava enganada. Minha raiva continuou imutável, e as mulheres agiram como se eu nem tivesse passado por ali, continuando a provocá-lo e, agora, também a mim.

"Porra! Saia daí!" falei para mim mesma, esperando, de alguma forma, que ele pudesse me ouvir.

Então, comecei a me perguntar se ele não tinha se oferecido para atendê-las depois de perceber que estavam de olho nele. Supus que aquilo devia acontecer com frequência e que dificilmente aquela era a primeira ou seria a última vez em que ele estaria nessa situação. Então, toda a minha fúria se direcionou para Christopher. Ele tinha de fazer algo, mas a única coisa que fez foi ficar lá, aguardando o pedido, até chegar à conclusão de que elas precisavam de mais tempo para se decidir e voltar ao balcão.

Eu mal conseguia esperar ele chegar perto do balcão para descarregar meu ataque de ciúmes em cima dele. Ele precisava saber que eu achava aquilo um absurdo e que não esperava isso dele. Naqueles poucos segundos, pensei em como nunca tínhamos conversado sobre fidelidade ou sermos ou não exclusivos. Além de possessiva, também me senti idiota por achar que nossa relação tranquila significava que eu e ele estávamos na mesma página em relação a tudo.

— Você quer mesmo falar sobre isso agora? E aqui? — perguntou ele ao se aproximar, como se eu estivesse no meu estado normal de nervos.

— É claro. Você acha que eu ainda estaria aqui se não me importasse em esperar? — A tranquilidade dele era tão grande quanto minha fúria. Quanto mais inabalável ele parecia, mais impaciente eu ficava.

— Ao menos, vamos para casa. Não dá para tratarmos de assuntos tão pessoais aqui.

O silêncio nos acompanhou até seu apartamento. A cada passo, eu ia recobrando minha racionalidade e pensando em como aquilo poderia ter sido ainda mais vergonhoso para mim e para ele caso continuássemos no pub. Antes mesmo de chegarmos, eu pedi desculpas.

Ele não pareceu decepcionado, frustrado ou culpado. Suas pequenas marcas de expressão na testa só mostravam um ar de preocupação. Talvez estivesse surpreso com meu pedido de desculpas, já que apenas me olhou em silêncio, então continuei:

— Eu não deveria ter falado com você daquela maneira ríspida. Você não merecia isso. Aquelas mulheres me deixaram fora de mim... Por favor, me desculpe.

Mais silêncio.

— O que eu vi no pub é uma coisa comum? Isso acontece todos os dias? — perguntei, exigindo que ele falasse alguma coisa. Para quem havia acabado de pedir desculpas pela grosseria eu ainda estava sendo bastante rude. — Preciso entender o que estava acontecendo ali para compreender meus sentimentos, porque até agora só consegui sentir ciúmes e posse.

Então, Christopher explicou que aquelas mulheres, depois de terem passado algumas horas no pub, pediram a um garçom para serem atendidas por ele. Apesar de estarem visivelmente alteradas, ele achou que quisessem fazer algum tipo de reclamação sobre o atendimento ou o ambiente, e por isso se prontificou a falar com elas, só percebendo que suas intenções eram outras depois que chegou lá.

— Não vou negar que notei que a intenção delas era me provocar, mas também não vou me colocar como culpado. Eu estava fazendo meu trabalho. Logo que percebi que o que elas queriam comigo não tinha nada a ver com meu trabalho, tentei me afastar, e foi então que uma delas colocou a mão no meu braço e disse que se o necessário para me manter ali era fazer uma reclamação formal, elas queriam reclamar que não estavam recebendo atenção suficiente do gerente da casa.

Ele falava espontânea e tranquilamente, como quem relata algo muito sério que acabou de presenciar. Seu tom era firme e suas palavras, sinceras. Ele mostrava que compreendia minha insegurança, mas ao mesmo tempo queria deixar clara sua inocência.

— Entenda que não tenho nada a esconder de você. Provavelmente, essa não será a última vez que você verá ou ficará sabendo que alguma mulher se insinuou para mim, assim como tenho certeza de que passarei pela mesma situação com você diversas vezes. Somos jovens e trabalhamos em ambientes onde as pessoas vão para se divertir, flertar e conhecer novas pessoas. Isso vai acontecer. Por isso, acho importante que você se coloque no meu lugar agora. Apesar de terem sido muito inconvenientes, não seria elegante que eu fosse grosso com aquelas mulheres. Isso poderia inclusive inflamá-las ainda mais e fazê-las criar algum tipo de tumulto, considerando o quanto já haviam bebido.

Eu ainda sentia o fel do ciúme na minha boca, mas entendia completamente o ponto de vista dele. Colocando-me no seu lugar, tive certeza de que eu não saberia como agir se tivesse de lidar com clientes assim e de que não estaria agindo de maneira tão adulta e sensata se fosse Chris quem estivesse me pressionando como eu havia feito com ele.

Não tocamos mais no assunto até irmos dormir. Na cama, ele me abraçou e continuou a demonstrar sua maturidade.

— Não se engane — disse ele. — Não tenho motivo algum para querer chatear você ou deixá-la insegura. Mesmo que algo estivesse me incomodando, eu não agiria dessa maneira. Eu amo você e só quero seu bem. Você é quem escolhi ter como companheira. Fico triste quando vejo você insegura e nunca farei nada para causar essa frustração.

Foi a primeira vez que ele falou que me amava, ainda que toda a sua atitude em relação ao nosso primeiro desconforto já deixasse claro que era amor.

Eu me considerava uma pessoa ponderada, que praticava empatia com grande frequência, mas convivendo com Christopher e observando-o lidar com várias questões do dia a dia, vi que tinha muito a aprender. E aprendi muito. Usufrui da sua companhia sem freios, sem limites, sem pudores. Até mesmo Tapioca não perdia a oportunidade de ficar perto dele e mal esperava que ele se sentasse para se aninhar em seu colo.

"Cada vez que você
faz uma escolha está
transformando sua essência
em algo um pouco diferente
do que era antes."

C.S. Lewis

Em meio a tanta felicidade e tranquilidade, fui surpreendida, um dia, por uma mensagem de Helena, pedindo que eu retornasse o contato assim que fosse possível, pois também tinha boas notícias. Quando conseguimos conversar, ela me contou que havia sido convidada a se tornar sócia da empresa onde estagiara. Eles tinham aberto uma nova filial e procuravam alguém capacitado e confiável para assumi-la.

— O único problema é que exigiram dedicação total — explicou Helena. — Eu preciso deixar a diretoria de A&N Engenharia. Terei que fechar a empresa ou conseguir alguém que possa cuidar dela enquanto me estabeleço nesse novo empreendimento. Então, pensei que talvez você pudesse, sei lá, estar com saudades da sua velha profissão e com vontade de voltar para o Brasil e ser a pessoa de confiança que assumirá as rédeas da empresa onde teve seu primeiro emprego.

Nem nas minhas mais profundas fantasias eu poderia imaginar que tal proposta me seria feita algum dia. Helena deixou claro que, caso eu aceitasse, precisaria assumir o cargo em um mês, contados a partir daquele dia, enquanto ela mesma cuidaria da contratação de uma nova engenheira. Caso eu dissesse que não, ela também teria apenas um mês para fechar as portas da empresa que havia garantido seu sucesso até aquele momento. Era pegar ou largar.

— Temos bons clientes — contou ela. — No último ano, trabalhamos para várias empreiteiras. Ficarei bastante triste caso tenha que dar fim à A&N, mas entenderei completamente. Você é a única pessoa em quem confio o suficiente para essa função. Até peço desculpas por fazer esse convite que mais parece uma tentativa de pressioná-la, ainda mais com tão pouco tempo para você se decidir. Infelizmente, eu também fui pega de surpresa.

A proposta não era das piores. Assinaríamos um contrato que passaria quarenta e nove por cento da empresa para o meu nome, e, mesmo permanecendo como sócia majoritária, Helena não teria participação nas decisões. Eu teria todas as responsabilidades e quase metade da participação nos lucros. Na prática, seria dona de quase cinquenta por cento de uma empresa na qual eu não havia investido um real sequer.

Era uma ótima maneira de voltar para o Brasil depois da minha aventura em terras americanas, com trabalho e um futuro garantido, fazendo parte mais uma vez de um local de trabalho pelo qual eu tinha tanto apreço.

Helena me deu sete dias para pensar, que gastei dividida entre me sentir feliz por ela, orgulhosa por ser sua pessoa de confiança, tentada pela proposta repentina e aflita em relação a tudo que poderia mudar caso eu aceitasse o trabalho.

No dia em que falei com Helena, não comentei nada com Christopher. Combinamos de não nos vermos naquela noite, quando disse a ele que preferia ficar em casa sozinha, curtindo a mim mesma, ainda que, na verdade, precisasse colocar minhas prioridades em ordem e pensar numa boa maneira de abordar o assunto com ele.

Usando da tática dele, coloquei-me em seu lugar, imaginando como seria ouvir que ele tinha recebido uma bela oferta de trabalho e estava interessado em voltar para seu país. Tive clareza de que o melhor cenário para mim seria Christopher se empolgar e cogitar ir para o Brasil comigo sem eu ao menos ter que sugerir tal coisa.

Procurei preparar-me para outras reações. "Não crie expectativas", eu repetia em voz alta toda vez que começava a sonhar demais, imaginando-me indo buscar Christopher no aeroporto de Guarulhos com todas as suas malas para viver comigo no Brasil.

Eu não queria e não achava que seria nada saudável colocá-lo numa situação em que tivesse de escolher entre estar comigo ou continuar em Washington. Da mesma forma, não gostaria que ele interpretasse minha decisão, fosse qual fosse, como algo motivado ou justificado pela decisão dele. Éramos dois indivíduos que nos amávamos e formávamos um casal invejável. E isso era possível exatamente porque tínhamos como prioridade o respeito mútuo por nossa individualidade. Não seria nada legal que isso mudasse.

Era um assunto sério, mas eu queria abordá-lo da maneira mais natural possível. Pensei em convidar Christopher para tomar um café numa tarde, num lugar bonito, e falar o mais tranquilo e formalmente que eu conseguisse sobre o assunto, mas, ao imaginar essa cena, eu enxergava uma reunião de negócios, e isso era exatamente o que eu não gostaria que parecesse.

Dois dias depois de receber a proposta, e após muitos ensaios em frente ao espelho, prestando atenção à minha feição e ao tom de voz com o qual eu iria compartilhar as novidades e imaginando todos os diálogos que poderíamos ter, abordei o assunto no pub, sentada na frente dele, enquanto o via limpar e organizar o balcão e os armários antes de abrir o estabelecimento.

Para a minha surpresa, ele não demonstrou espanto. Sua primeira reação foi me parabenizar e dizer o quanto estava feliz por essa oportunidade que sabia ser muito importante para mim. Em momentos assim, em que Christopher se mostrava ainda mais adulto, centrado e maduro, eu me dava conta do quanto eu não era tão evoluída quanto ele. No fundo, uma parte de mim queria que sua primeira reação tivesse sido de apego, de desconsolo e, por que não, de um pouco de mágoa. De certa forma, eu ainda identificava esses sentimentos de posse como uma demonstração de amor, e foi exatamente a decisão que tivemos de tomar juntos que me mostrou, de uma vez por todas, que o amor não tem nada a ver com ciúmes ou posse e que não é preciso criar um turbilhão a cada novo passo ou nova oportunidade que o parceiro encontra.

Depois de se mostrar feliz com as minhas boas-novas, Christopher fez apenas duas perguntas:

— Em quanto tempo você tem que dar uma resposta definitiva?

— Em poucos dias — respondi, sem querer tornar aquele momento ainda mais triste com a pressão de prazos.

— E, caso você decida aceitar, teria que voltar para o Brasil logo?

— No máximo, em um mês.

Nesse momento, embora ele não tenha dito mais nada, percebi que começou a compreender o tamanho da responsabilidade que eu tinha em mãos. Já que ele não falava, tentei dar detalhes sobre como seria meu trabalho e as vantagens e desvantagens de aceitá-lo. Quando chegou a hora de ir para o meu trabalho, nós nos despedimos como se fosse um dia qualquer. Disse a ele que falaríamos sobre o assunto mais tarde. Trabalhei como em qualquer outro dia, pois agir casualmente me tranquilizava e me dava algum controle sobre minha ansiedade.

Minutos antes do horário de fechamento do Wine & Spirits, Christopher apareceu com um buquê de flores silvestres.

— Para celebrar novas oportunidades! — disse ele, entregando-me as flores.

Um pequena chama se acendeu no meu coração. Essa frase simples de Christopher me deu mais esperanças do que todos os ensaios na frente do espelho. Eu tinha que mentalizar aquele mantra.

Conversamos por horas naquela noite. Dividi com ele o que eu considerava ser o melhor cenário para mim. Disse que aceitar a proposta de trabalho sem que ele me acompanhasse seria como abrir a melhor porta para meu futuro profissional e, ao mesmo tempo, trancar meu coração. Expressei o quanto ele contribuía para meu bem-estar, o quanto sua maneira de agir havia me ensinado a ser uma pessoa melhor, o quanto suas pequenas atitudes me tornaram mais leve e madura.

Também recordei os poucos momentos em que falamos sobre casamento. Nos últimos meses, tínhamos ido a duas celebrações de casamento de amigos dele, ambas maravilhosas. Enquanto os noivos faziam votos românticos, Christopher segurava minha mão com força e me olhava nos olhos repetindo cada palavra.

"Só me prometa que não vamos fazer coreografias na hora da dança", comentei enquanto brincávamos de planejar nosso casamento. "Tudo bem, mas vamos contratar um daqueles cantores de funk", exigiu ele. Desde que nos aproximamos, Chris começou a se interessar pela cultura brasileira. Ele provou nosso churrasco e comemorava quando descobria que iríamos visitar Anne, na esperança de que ela preparasse pão de queijo, mas tinha se tornado obcecado mesmo pela música brasileira.

Ele havia descoberto, por conta própria, uma *playlist* do Spotify com as cinquenta músicas mais ouvidas pelos brasileiros e aprendido a identificar o que era funk. É claro que ele não entendia uma palavra sequer, mas achava divertido que, apesar da mesma batida, todas as músicas parecessem diferentes umas das outras.

Com alguma frequência, ele me apresentava um novo funk que acabara de descobrir e se tornara seu preferido, cada um com refrões mais obscenos que o anterior. Algumas vezes, tentei explicar a ele o que significavam as letras, mas ele não ligava e dizia que isso só tornava o funk mais divertido.

— Como vou chamar um funkeiro para tocar no meu casamento se você não for meu futuro marido? — perguntei a ele naquela noite, tentando agir de um jeito mais tranquilo depois de deixar claro que, por mim, aceitaria a proposta de trabalho, voltaria para o Brasil e ainda o levaria comigo.

Ele riu enquanto se preparava para me dizer tudo em que havia pensado durante a tarde. E, ali, sentados de pernas cruzadas sobre o lençol branco da cama dele, olhando nos olhos um do outro, segurando as mãos dele, eu me preparei novamente para o soco no estômago que eu havia sentido quando perdi Henrique.

Delicadamente, mas sem palavras ensaiadas, Christopher foi honesto e carinhoso. Deixou claro, repetindo muitas vezes, o quanto zelava por mim e o quanto gostaria que nós pudéssemos ter todas as coisas. Falou que, apesar de parecer tranquilo, estava despedaçado por dentro e não tinha certeza de que conseguiria se recompor do que estava por vir, mas também não tinha o direito de me privar de parte do futuro que eu gostaria de ter.

— Talvez eu não tenha conseguido demonstrar tudo o que senti, pois entrei em choque quando você me contou sobre a conversa com Helena — explicou ele. — Saber que você recebeu uma oferta tão boa me deixa feliz e orgulhoso, mas pensar que não terei você comigo me deixa extremamente frustrado. Nosso relacionamento é minha prioridade. Vejo meu trabalho como um meio de podermos aprofundar nosso vínculo e aproveitar a vida juntos. Simplesmente não trabalhei durante toda a tarde. Perdi a capacidade de raciocínio no momento em que você colocou os pés para fora do pub e tudo que fiz foi calcular se existiria alguma possibilidade de ir com você para o Brasil. Mas, não importava o quanto eu desejasse, calculasse e pensasse, não encontrei forma de abandonar meu trabalho agora. Ir com você significaria deixar toda administração do pub nas mãos de Joshua, e acho que ele não está pronto para isso.

Em silêncio, as lágrimas rolaram até meu colo. Eu podia sentir todo o amor em suas palavras, e o *loft* foi tomado por um ar denso de frustração.

— Acredite — insistiu ele. — Eu gostaria muito de poder ir com você. Ainda acredito que, um dia, vou poder segurar suas mãos, olhar nos seus olhos e dizer as palavras que eu mesmo escrevi enquanto nos controlamos até o fim das bênçãos para aproveitarmos nosso show de funk particular. Mas infelizmente não posso prometer nada a curto prazo e não posso deixar que você perca uma oportunidade tão valiosa esperando que eu consiga cuidar das minhas coisas. Apenas posso garantir que nenhuma distância ou tempo será suficiente para ocupar o espaço que você tem na minha vida e sempre terá no meu coração. Eu sei que a decisão é sua e que infelizmente não poderei ser seu parceiro nesse momento, mas, se pudesse ter um voto, eu diria para você ir, para não deixar essa oportunidade passar. O que é nosso continuará sendo nosso, não importa o que venha a acontecer.

Sufocada pelas lágrimas, não consegui dizer nada, respondendo apenas com um gemido de dor. Dormimos abraçados as poucas horas que nos restavam daquela noite e senti o toque de Chris como na nossa primeira noite no tapete da sala.

No dia seguinte, voltei caminhando para casa, mas minha verdadeira vontade era caminhar para algum lugar muito longe, que não fosse Washington nem o Brasil. Um lugar distante o suficiente para que, quando eu voltasse, alguém já tivesse tomado aquela difícil decisão por mim.

Toda vez que me imaginava aceitando a oferta de Helena também me visualizava embarcando para o Brasil com Tapioca e deixando Christopher na área de embarque, acenando para nós. Sempre que pensava em recusar a proposta de trabalho me via trabalhando no W&S por anos a fio, sem previsão de ascender em uma carreira, vivendo um dia exatamente como o outro, com Christopher ao meu lado, mas longe de toda a minha família, passando férias, Natal e Ano-Novo sem aqueles que são sangue do meu sangue.

A ambição e a saudade de casa eram mais fortes, mas eu não encontrava coragem para procurar Helena e dizer de uma vez o que eu havia decidido. Então, posterguei a resposta até que ela me contatasse três dias depois e disse a Christopher que o informaria da minha decisão quando definisse as coisas com Helena. Quando finalmente falei com a Helena, ela deu pulos de alegria do outro lado da tela.

— Não sei se estou mais feliz por ter você como sócia ou porque finalmente a terei por perto novamente! Você acha que consegue chegar antes do dia cinco?

— Acredito que sim — respondi. — É mais ou menos a data que você tinha me dado. — Eu não demonstrava nem um centésimo da empolgação dela.

— Eu entendo que será mais uma grande mudança para você. Imagino o quanto deve estar sendo difícil deixar sua vida nos Estados Unidos para trás, mas quero que saiba que será muito bem-recebida por aqui. Muitas coisas boas te aguardam, tenho certeza!

Naquele mesmo dia, eu e Clara finalmente tivemos uma conversa, depois de meses de silêncio. Contei sobre minha mudança e sugeri que ela encontrasse uma nova pessoa com quem dividir o apartamento, mas ela já tinha planos de se mudar. Sem dar detalhes, falou que estava aguardando a hora certa para me dizer que não tinha a intenção de continuar morando ali. Sendo assim, estava na hora de visitar Dex e informá-lo que precisaria oferecer o apartamento para novos inquilinos.

Ele se mostrou bem mais debilitado que na última vez em que eu o tinha visto, com uma gripe que estava causando muito desconforto. Passei a tarde com ele, preparei um chá e deixei uma sopa pronta, caso ele quisesse se alimentar à noite.

— Duvido muito que eu consiga encontrar uma inquilina tão carismática e prestativa quanto você. Vou sentir muito sua falta.

Dex parecia mesmo gostar bastante de mim. Em momento algum falou em aumentar o valor do aluguel, mesmo que, devido à crise imobiliária, um reajuste considerável tivesse sido necessário em todos os estabelecimentos. Até Emma havia modificado os preços na carta de vinhos para ajudar a manter o lucro do bar.

Os dias de pagamento do aluguel eram sagrados para nós, que passávamos a tarde colocando o papo em dia. Às vezes, eu o visitava em dias esporádicos para matar a saudade que sentia dos seus gatos e dividirmos um bom café. Quando meu relacionamento com Chris ficou mais sério, fiz questão de apresentá-lo para Dex, e, durante a primavera, eu costumava receber mensagens de Christopher dizendo que estava esperando por mim na varanda porque ele e Dexter não perdiam a oportunidade de conversar.

— Pois saiba que também sentirei muita saudade — respondi a ele. Não existe uma tradução literal para a palavra "saudade" na língua inglesa, então fiz questão de dizê-la em português para que Dex a aprendesse e entendesse que, mais que sentir sua falta, eu já o considerava um membro da família. — E não pense que vai se livrar de mim... Prometo ligar com frequência.

Também naquele dia informei Emma sobre meus planos e perguntei se ela se importaria que eu trabalhasse apenas até o final de semana, pois queria aproveitar o tempo restante com Christopher. Ela me liberou do trabalho no mesmo dia, dizendo que era mais importante aproveitar os dias que me restavam que ajudá-la no bar.

Passei todo o meu tempo na companhia do Christopher. Ele me ajudou a fazer as malas e, com Erick, organizou uma festa de despedida para mim e para Tapioca no nosso apartamento. Luís, Anne, Bela e até Ugne apareceram por lá. Emma me deu um livro com fotos dos principais locais de Washington, que foi assinado com mensagens de despedida por todos eles.

Conversamos, comemos e bebemos. Desavergonhada por causa do bom vinho que Emma havia levado para mim, fiz um discurso emocionado, que arrancou lágrimas de alguns deles e olhares complacentes de outros.

Passei as últimas doze horas antes de entrar no avião abraçada com Christopher. Quando chegou a hora de embarcar, deixei que o choro lavasse minha alma e sofri copiosamente ao entender que eu havia, sim, feito uma escolha. Por mais que eu soubesse que era uma boa escolha, me doía tanto deixar aquele amor para trás que me perguntei muitas vezes, silenciosamente, se tinha optado pelo caminho errado.

Mas, depois, sentada na poltrona 38A, enquanto o avião voava a mais de treze mil pés de altitude e tudo que se via lá fora era noite, revivendo toda a minha trajetória nos últimos anos, compreendi o quanto cada acontecimento havia acrescentado para que eu vivesse as melhores experiências da minha vida. Vi o quanto amadureci, o quanto, no fundo, a vida foi razoável comigo e o quanto minha sina é traçada mais pelas minhas escolhas que por um destino já determinado.

Não importaria aonde eu fosse ou o quanto eu corresse ou fugisse, a única certeza que poderia ter é que sempre haverá incerteza. Naquele instante, minha incerteza era se Christopher gostaria ou não de São Paulo, já que, pouco antes do meu embarque, fui surpreendida pelas palavras que eu tanto desejei escutar dele:

— Espero que, mesmo sendo uma empresária bem-sucedida, você encontre tempo para me buscar no aeroporto de Guarulhos no final de setembro.

Este livro foi composto em Fairfield LH 45 e impresso pela
Intergraf para a Editora Planeta do Brasil
em agosto de 2017.